2016

《名作欣赏》杂志
鼎力推荐

权威遴选
深度点评
中国最好年选

+ 北岳中国文学年选 +

小品文选粹

王兴德 /主编

山西出版传媒集团　北岳文艺出版社
BEIYUE LITERATURE & ART PUBLISHING HOUSE

图书在版编目（ＣＩＰ）数据

　　2016年小品文选粹 / 王兴德主编. —太原：北岳
文艺出版社，2017.1
　　ISBN 978-7-5378-5092-6

　　Ⅰ.①2… Ⅱ.①王… Ⅲ.①小品文—作品集—中国
—当代 Ⅳ.①I267.3

　　中国版本图书馆CIP数据核字（2017）第010475号

书　　名　2016年小品文选粹
主　　编　王兴德
责任编辑　王朝军
装帧设计　张永文

出版发行　山西出版传媒集团·北岳文艺出版社
地　　址　山西省太原市并州南路57号
邮　　编　030012
电　　话　0351-5628696（发行部）
　　　　　0351-5628688（总编办）
传　　真　0351-5628680
网　　址　http://www.bywy.com
E - mail　bywycbs@163.com
经 销 商　新华书店
印刷装订　山西人民印刷有限责任公司

开　　本　710mm×1000mm　1/16
字　　数　215千字
印　　张　14
版　　次　2017年1月第1版
印　　次　2017年1月山西第1次印刷
书　　号　ISBN 978-7-5378-5092-6
定　　价　35.00元

序—小品文泛言

/ 王兴德

北岳文艺出版社编辑出版《2016年小品文选粹》，令我这个《小品文选刊》总编十分感动，也十分激动。

中国文学史，一向没有"小品文"的位置。新中国成立以来，各种版本的中国文学史，大都以朝代更替为经，以作品和作家为纬。从《诗经》、楚辞、汉乐府、唐诗、宋词、元杂剧直到明清小说，大致就是这么走来。《中国现代文学史》出现了小说、诗歌、散文、杂文、报告文学的章节，也没有把小品文列于其中。中国作家协会每年发布的《中国文学发展状况》报告，也只涉及小说与网络文学、诗歌、散文、报告文学、儿童文学五个方面，并没有给予小品文应有的席位。

"小品"一词本属佛教用语，最早现于南北朝，指佛经缩写本。在佛学界，"小品"一词始见于鸠摩罗什翻译的《般若经》。鸠摩罗什原籍印度，精通汉语，是后秦时期著名的佛教学者。他翻译的《般若经》，将较详的二十七卷本称作《大品般若经》，较略的十卷本称作《小品般若经》。《世说新语》刘孝标的注释是这样的："释氏《辨空经》有详者焉，详者为大品，略者为小品。"可见，当时的"小品"与"大品"相对，专指佛经的节本。明代晚期，人们为了逃避政治迫害，嗜佛成风，但只是逃于禅，隐于禅，大多数人并未真的遁入空门，所以他们根本没有耐心钻研深奥玄秘、卷帙浩繁的佛典，但对"小品"却情有独钟。随着"禅悦"之风的兴盛,文士们将"小品"概念移植到了文学中。明万历三十九年(1611),王纳谏编成《苏长公小品》,最早将"小品"视作文学概念。陈继儒《〈苏长公小品〉叙》云:"如欲选长公之集,宜拈其短而隽异者置前,其论、策、封事,多至数万言,为经生之所恒诵习者稍后之。如读佛藏者,先读'阿含小品',而后徐及于五千四十八卷,未晚也。此读长公集法也。"(《眉公先生晚香堂小品》卷十一)陈继儒提出"短而隽异"为"小品"的特征,并比之为"阿含小品"。可见"小品"概念是由佛经移植来的。这是晚明人最初的"小品"观。陈继儒是晚明文坛"山人"一族的领袖人物,经他一号召,"小品"一词不胫而走,一时人人竞相写小品,选小品,论小品,蔚然成为风气。

在"五四"新文化运动初期,本没有散文、小品文这回事。最初的散文、小品文叫"随感录",周作人对随感录不是很满意,他说要提倡一种文体,叫"美文"。1921年,周作人在《晨报》副刊发表《美文》一文,他说外国文学里有一种所谓"论文",一种是学术性的,另外一种是记述的、艺术性的,就是"美文"。周作人说"读好的论文,如读散文诗"。他规定这种美文应该是"抒情叙事"的,只要"真实简明"就好。他认为:有许多思想,既不能做小说,又不适于做诗歌,便可以用美文去表述。在美文的范畴里主要有叙述和抒情两种文章,也有两者杂夹一道的。而郁达夫则认为:中国的文体与西方的文体,是不可能完全一致的。话虽如此,散文往往是总称,随笔、小品隶属其下。

周作人在《美文》中提出的散文理论纲领,后来成了中国现代散文的理论经典,进而阴差阳错,成了现代散文的出发点。但由此产生了一系列问题。首先,它是"论文",还是"散文"?性质上含混不清。一个是文学体裁,一个是非文学体裁。其次,规定了这种体裁,只要"抒情叙事""真实简明"就好。这显然和"论文"是矛盾的,而且和西方的随笔也是矛盾的。因为随笔并不以抒情叙事为主。这个规定,一方面很狭窄,只能抒情叙事;一方面又很宽,只要真实简明就好。这好像不成一个文体。不论从中国传统散文,还是从西方文学历史来说,散文除了抒情叙事,还有更重要的智性议论和理论思考。也就是说，除了情趣，还有智趣。再次，真实简明并不是散文的特点，而是许多文学形式的基本要求。除个别（如汉赋和英国巴洛克风格的散文）外，有什么文学体裁不追求真实简明，而追求虚假芜杂呢？周作人此文虽然很短，只一千多字，但却因其权威性造成了现代散文后来矛盾的奇观：近百年的发展成就和种种曲折，甚至数度的文体危机都和这篇文章有着密切的关系。这一带有个性解放性质的理论，至少在最初的一二十年里，产生了冲决罗网的效果，最突出的是，大大解放了中国散文的创造力。但这只是问题的一个方面，另一方面，长期忽略智性、理性，给中国现代散文留下了无穷的后患。周作人把"桐城派"散文的糟粕和精华一并抛弃了，造成了现代散文长期智性贫弱的后果。

由于周作人、林语堂等人对闲适小品文的大力提倡，新文化运动后的几十年间，中国诞生了许多脍炙人口的小品文。但由于当时日寇入侵，民族危难当头，鲁迅与林语堂、梁实秋、周作人展开论战，对小品文的发展方向提出了不同的看法。鲁迅先生认为："生存的小品文，必须是匕首，是投枪，能和读者一同杀出一条生存的血路的东西；但自然，它也能给人愉快和休息，然而这并不是'小摆设'，更不是抚慰和麻痹，它给人的愉快是修养，是劳作和战斗之前的准备。"而梁实秋对鲁迅先生主张以"挣扎和战斗"为小品文的生存理由的见解并不认同。他在《小品文》一文中说："文章是不能清一色的。鲁迅先生的几卷杂感，固然'有不平，有讽刺，有破坏'，然而中国又有几个鲁迅呢？不擅讽刺的硬要讽刺，不擅幽默的硬要幽默，其丑有不堪言者。文无定律，还是随着各人性情为是。并且，文章里之能否容得讽刺，也要看题目的性情而定。譬如吊亡的短文，写景的短文，内中便很难插进讽刺去。"林语堂在《看见碧姬芭杜的头发谈小品文》中说："碧姬芭杜这乱发妆，像小品文。小品文，也应有家居闲谈意味，与登台演讲不同，声音应该低微的，向房中熟友娓娓而谈，上下古今，山川人物，思想载籍，都可以谈。有时语无伦次，有时庄谐并出，好在谈者有此闲情，而听者也有此逸致，不然就难了。在中文所谓小品文，在英文似乎就是Familiar Essay。其义指熟友闲谈。"他说："小品文如流水，或为清涧，或为碧潭，或为急流怒滩，视山川溪谷之形势而定，行于所当行，止于所不得不止，如此是了。"他进一步指出："小品文所以不同于平常论文，不过声调低一点，不在那边代天行教，宣扬圣道。一在有动于衷，有可谈的事，而能谈得出天趣物趣来。二在尊敬读者，是可与谈的人。所谓熟友谈天，是说知趣而值得对谈的朋友，不然便流为街谈巷议。奇文共欣赏，疑义相与析，要析疑义，你一句，他一句，便谈出道理来了。"

日本作家厨川白村对小品文的定义曾有过生动的描述："如果是冬天，便坐在暖炉旁边的安乐椅子上；倘在夏天，则披浴衣，啜香茗，随随便便，和好友任心闲话，将这些话照样地移在纸上的东西，就是Essay。兴之所至，也说些以不至于头痛为度的道理。也有冷嘲，也有警句吧。既有Humor（滑稽），也有Pathos（感愤）。所谈的题目，天下国家的大事不待言，还有市井的琐事，书籍的批评，相识者的消息，以及自己过去的追怀，想到什么就纵谈什么，而托于即兴之笔者，是这一类的文章。""兴之所至"的一义，充分地说出了小品文抒写时的自由与毫无顾忌的自我表现。冷嘲、警句、滑稽、感愤，是表现方法上的自由；自己生活的记录以至天下国家的大事，这是内容材料选择的自由。

小品文大家冯唐认为，小品文没有定式，天姿烂漫，无法无天。他说："小品文从来不登堂入室。小品文不是满汉全席，不是金钟大吕，不是目不斜视的正室夫人。小品文是东直门的香辣蟹麻辣小龙虾。……文人们不可能靠小品文当一品大员或是进作家协会，但是他们靠小品文被后人记住。当他们的尸骨早已经成灰，他们的性情附在他们的小品文上，千古阴魂不散。"

优秀小品文应当是思想内涵、艺术品位和作者智慧的综合体现。我认为，具体有以下四个方面：

一是有风骨。风骨是人的气质、品性。延伸到文学作品，则说的是表现在作品气质之上的一种骨气。作品如果缺少了风骨，就如同人得了软骨病。小品文作为散文的一个分支，不仅要有品位，更应当有风骨。风骨是小品文的灵魂，是支撑小品文创作可持续发展的关键。读一篇好的小品文，读者往往并不满足于其知识的丰富，不止步于其语言的华丽彩饰，不流连于其情感的充塞流溢，他们更为看重的是它的思考的分量和题旨的深挚。人们从盎然诗意中看到人文精神，从鲜活的纪实场景中看到文学源流的磅礴气象，从人物故事中看到生命精神的传承蕴涵，从游走行旅中看到自然与人生的牵连融汇，进而得到形而上的精神滋润，得到精神指向上的感悟。这就是文字的力量，这就是文章的精神气度和思考的分量。从这个意义上说，小品文的高下，首先是在思考内涵上，在品位和风骨上，见出特色和斤两。即便是写凡人的生活琐事、市井风物，甚至于青春记忆、童年往事等，也应该从整体面貌和精神向度上表现出丰厚的灵魂和俊朗的风骨。只有注入了人文精神的元素，注意人的精神世界的揭示，对所写内容不虚夸，不矫情，不炫耀，这样的小品文才有品位，才有风骨。

二是守真。小品文是一种非常别致的文体，它的精神内核只是一个字：真。真是小品文的命脉。以真为本，美文书写，形神兼备，笔带感情，这就是我所理解的小品文。小品文是"非虚构文学"，贵在一个"真"字，其感世、醒世、存世、传世的价值也在一个"真"字。"真"是指小品文所记之人之事，是真人真事；所抒之情之意，是真情实意。小品文的语言，自然应是艺术的语言。艺术的语言，应是饱含作者的真灵魂真性情，是作者才情迸发时的灵光与喷泉，是有感染力、浸透力、影响力的，是可以鉴赏、品评、默诵、玩味的。艺术的语言，是可视可听可感知可联想的，更是可会于心可动于情，心应虫鸟情感林泉的。小品文之风格，或闲适冲淡，如三五友人，茅屋品茗，月出东斗，好风相从；或淡雅婉丽，如芙蓉初发，自然可爱，窈窕深谷，时见美人；或雄奇瑰丽，荡思八极，振衣千仞，气韵苍润；或戟刺时事，兼披中怀，笔墨驰骋，神思一贯；或笑谈掌故，剖析旧闻，见微知著，从容含玩。小品文是作者最能释放精神思想、展现才情智慧的平台。

三是简约。小品文虽说短小，但是要写好却并非易事。因为它在短小的篇幅里包含着丰富而扎实的内容，包含着作者对事物的认知和感受力，更是作者圆熟写作技巧的表现。小品文写作，需要铺陈，更需要缩略；需要丰满，更需要删削；需要感情奔放，更需要字斟句酌。如果你写的人物和故事过于简单化，就会给人一种单薄空洞之感；如果你写得冗长而松散，又会像彻夜不停的梅雨，让人厌倦；倘若你写得短而空，又恰似一池无鱼的清水，令人失望扫兴。郭沫若先生说："黄金只有一点点，但还是有它的分量；牛粪虽然一大堆，分量却不见得有多重。"少可以胜多，小可以抵大，篇幅上的短小固然重要，但内容上的精美却是居于首位的。小品文要做到短而精，文字上必须简约，有如压缩饼干，而不是水泡的木耳，要把思想的火花凝聚于方寸之中，篇幅短而寓意深，言有尽而意无穷。

四是有真情。小品文的精髓在于"真情"二字，这二字可以分开来说：真，就是真实，不能像小说那样生编硬造；情，就是要有抒情的成分。即使是叙事文，也有点抒情的意味。一个作者，情与境遇，真情发乎内心，汹涌回荡，必抒之以文字而后已。这样写出来的东西，能提高读者的精神境界，陶冶读者的性灵，使读者得到美的享受。

其实，除诗歌外，小品文是最长于抒情的文体。小品文一般采用第一人称，写"我"的所见所闻所感。无论写人物，写事件，或写带有戏剧性的矛盾冲突，其目的都是为了抒发作者的生活感受和思想见解，带有浓烈的感情色彩，正如高尔基说的，是"作者心灵的歌声"。其次小品文有自己特殊的笔调，它语言凝练、优美，富于文采；笔法灵活疏放，挥洒自如。作者在生活中由某些人物、事件、景物引起情绪激动，有了自己真切的感受，于是以富于个性的语言和灵活多样的笔法来表现，写成深情似酒、行文如水的美文，这样的作品就是情文并茂的小品文。

借编辑本年度《小品文选粹》的机会，谈一点对小品文的认识，是以为序。

目 录

品物篇

品味篇

品言篇

我有南海四千里

天章南海，人文三沙！

在南海，为三沙纪念馆题写这八个字时，内心非常诧异！

迄今为止，母语中的海字，写过无数次，真正面对这与人类相生相伴的关键景物时，却没有写一个字。与自己相关的这个秘密，曾长久埋藏在心底，不仅不想对别人说，甚至都不想对自己说。我理解山，即使是青藏之地那神一样的雪山冰峰，第一眼看过去，便晓得那是用胸膛行走的高原！我见过海，在北戴河，在吴淞口，在鼓浪屿，在花莲，在高雄，在泉州，在香港，在澳门，在青岛，在三亚，在葫芦岛，在海参崴，在仁川，在芭堤雅，在赫瓦尔岛，在突尼斯，在纽约和洛杉矶，面对海的形形色色以及形形色色的海，心中出现的总是欲说还休难以言表的空白！

这个夏天，到南海的永兴岛、石岛、鸭公岛、晋卿岛、甘泉岛、赵述岛，再到满天星斗的琛航岛，漫步在长长的防浪堤上，一种从未有过的东西，随着既流不尽，也淌不干的周身大汗弥漫开来。分明是在退潮的海水，丝毫没有失去固有的雄性，那种晚风与海涛合力发出的声响，固然惊心动魄，那些绵绵不绝，生生不息，任何时候都不会喘一口气的巨浪，才是对天下万物的勇猛！包括谁也摸不着的天空！包括谁也看不清的心性！包括大海以及巨浪本身！天底下的海，叫南海！心灵深处的海，叫南海！

3

防浪堤是一把伸向海天的钥匙，终于开启了一个热爱大海的成年男人关于大海的全部情愫！

拥抱大海或让大海拥抱，这是梦想，更是胸怀。

7月4日正午，从只有0.01平方公里的鸭公岛上，纵身跃入南海的那一刻，一朵开在海浪上的牡丹花，冷不防蹿入腹中。哪有海水能畅饮？只是咽下这牡丹花的那一刻，心情很爽快。与这世上最清澈的海，这海里最美丽的蓝鱼儿，这鱼儿中最柔情蜜意的彩色亲近，这亲近中有最不可言说的沉醉！因为高兴，就必须承认，这是自己喝过的最可口的海水！

可口的南海，总面积350万平方公里，属于中国领海的有210万平方公里。4000里长的中国南海，每一朵海浪都怀有千钧之力，每一股潮水的秉性都是万夫不当之勇。偏偏还有一处独一无二的任谁都会觉得可口的泉水井。橘红色的冲锋舟将一行人送上甘泉岛滩头，走几步就能从沙砾中踢出西沙血战时击爆过的机枪弹壳，看几眼就有老祖宗生命印记的陶瓷残片跃上眉梢。待到从老水井里打起一桶，呼呼啦啦喝个痛快时，那种渴望宛如想痛痛快快地饮下万顷南海。我是喝过了，喝过了还难解心中焦渴，便抱起那只桶，将整桶水浇在头上，那一刻真个是水往身上，心往天上。偌大的南海，上苍竟然只有这丁点的赐予，再多一点的淡水也不肯给。

曾经写过好水如天命，这一刻又明了，天命亦可成为好水。

多年前，偶然读过一段文字，说是在解放军兵种系列中，除了陆海空和中国人民解放军火箭军之外，还有"第五兵种"。身处南海才晓得，这兵种的最高统帅是一名下士，所率领的士兵只有屈指可数的4名。下士和他的队伍被称为雨水兵，其唯一使命就是在别人盼望风和日丽时，蓄意反其道而行之，盼望老天爷天天来一场暴风骤雨。风刮得越猛，雨下得越大，他们越是高兴。这些全世界独一无二的雨水兵自成立之日起，15年间，用尽各种办法，在永兴岛上收集上苍赐予的雨水120万吨。依照水库容积规定，装下这么些水，需要一座中型水库。在中国人的眼里，南海再大再深，每一滴海水都不是多余的。在南海的雨水兵心里，更是抒写成南海天空上的每一滴雨都不是多余的。

面对这样的甘泉，一个人的情感会因丰富到极致而将其当作天敌，怀恨的理由当然是抱怨其太少。南海的天敌是什么？那个风高浪急的暗夜，我们在前往永兴岛的"三沙一号"上熟睡时，有贼头贼脑的舰船正在我船航线附近游弋。对此恶行当可同等鄙视吗？

在赵述岛却有一种明目张胆的天敌。向南的海岸线上，礁盘像是有半个海面大，下水才走两步，就捡到一只疑为天物的彩条球体贝壳。事实上那是海星钙化后极薄的外壳。赤着脚小心翼翼地蹚过海水中密密麻麻的海星，在天敌横行的海底，仍旧生长着一丛美丽如琥珀的珊瑚，偏西的太阳照着海水，被阳光透露的海水浸润着珊瑚，仿佛神话的珊瑚反过来用一身的灿烂，还南海以漫无边际的霞彩。

珊瑚灿烂，珊瑚的天敌海星也灿烂，同样从海水中捧出来的海星的天敌大法螺也一样的灿烂。美是丑映衬出来的，爱是恨打造出来的，南海所有的灿烂无比，命中注定要由天敌激荡出非凡的审美格局。就像琛航岛上十八烈士大理石浮雕的壮丽，是与天敌的西沙之战所匹配。

此刻，南海星斗遥远。太过遥远的南海，反而不似任何时候都是遥不可及的别处。只需站在海边，哪怕是最不起眼的一颗星，都会是世上最深情的人正在家门口深情眺望远方。身处星星散落一样的小岛甚至是小小的小岛上，用这个世上最清纯的海水洗过的目光，与同样用这海水洗过的星星相互凝视，譬如美济礁居委会的82岁老人与美济礁的相望，谁也不觉得对方渺茫，谁也不觉得对方垂老。用能看清30米深海的目光，看什么东西都是美妙，看任何人事都是天职，看每一朵浪花都是神圣。所以，在最黑的夜，只要有一丝云缝，南海的星斗们也绝不会错过，即便那云缝只够容纳一颗星，那就用这颗星来闪耀整座南海。

真的不想再提那些热门的太平洋岛屿了！南海的海滩洁白如塞外瑞雪，又像故乡丰收的白棉花。这样的海滩只能是白云堆积起来的。即便是用脚踏了上去，再用胸膛扑了上去，也不愿相信，这是海水与海沙随心所欲的造物。除了天堂，无法想象还有哪里能比得了。这一片连一片，每一片都令人不忍涉足。一湾接一湾，每一湾都比另一湾美不胜收。哪怕是只有0.01平方公里的鸭公岛，只要开始行走，就会沉醉于扑面而来的万般美妙，丝毫感觉不出自己的双腿正在围着只够隐藏一对，最多两对情侣隐私的小岛绕行。或许天堂建筑师的灵感，正出自对南海诸岛的复制。或许干脆放弃什么天堂，对于人的想象来说，还有什么东西能够超越南海的恩典呢？对人的情怀来说，还有什么比南海更能使人心性皈依呢？

还有那海水，这世界所有现成的话语，都不足以用来表现她的气韵与品质，唯有那渔民平平淡淡地说，做一条鱼，不用奢求做一条青花鱼，也不用奢望做一条红花鱼，能在这海水里做一条奇丑无比的石头鱼便是前世修行的福报。毫无疑问，南海就是一门宗教，唯有使自身回归普通与平凡，尽一切可能不出狂言，不打妄语，不起邪念，不生贪欲，才能保证自己不会在那海天之下羞愧得抬不起头来。没有如此宗教，哪怕变成一只丑陋的沙虫，也会无颜面钻进沙土之中。

神圣之于天下的意义，不必彻底理解，但不可以没有敬畏在心头飘扬。

一顶竹编帽就能倍感荫凉的恩情。

一棵椰子树就能消解生存的绝望。

礁石再小撑起的总是对大陆的理想。

水雾再轻实在是甘霖对酷旱的普降。

用不着太多，只要看见一只玳瑁在南海中翩跹的样子，就会明白幸福是为何物。只要看见一只手从南海中悠然伸起来，将一件物什放进水面漂着的容器里，就会懂得如何得幸收获。一道雷电与一只海鸥在南海上的意义是不同的，雷电是肆意暴虐，海鸥在抒发自由。一只小小舢板与一艘航空母舰在南海的地位是相同的。航空母舰再庞大，也由不得其耀武扬威。舢板虽小，尊严无上。

我在1992年发表的中篇小说《凤凰琴》，以及随后的长篇小说《天行者》，写了深山小学校，用笛子与二胡演奏国歌升起国旗。一直以来，此景象都是乡村教育的经典写照。曾是赵述岛上仅有的那对夫妻居民，对着大海一边唱着国歌，一边升起国旗。这样的画面没有成为南海的经典，夫妻俩作为升旗手，将自己锻造成一根钢制旗杆，超强台风"蝴蝶"也不能吹倒，才是神圣中的神圣。三沙的人，真个是出海如同出征，安家就是卫国。在中国的南海，被越南人非法关押一年的这位丈夫说，做渔民的，有时候就像一条鱼，海才是我们讨生计最好的去处。他说的其实是一种诗情：我在天涯我就是天涯！我在三沙我就是三沙！我在南海，我就是中国的南海！

用一把渔网向着最宽阔的海面，哪怕它是唯一一把渔网，南海的渔民也会美滋滋地撒下去，即便那海面视渔网为无物，也要用这渔网来打捞南海的历史与现实。

用一根钓线钓起最深的海沟，只要有一根钓钱，南海的鱼钩就会坠入其中，即便那水深不可测，那鱼重达千斤，也要用这一头连着大海，一头连着人心的丝线传达南海的灵魂。

在最猛烈的海浪下，只要有一丝踏实，南海的海沙们就会勇敢落地，即便那地方只能安放一粒细沙，那就用这粒细沙来界定茫茫海天。

一个人来到南海，不只是做每一粒海沙和每一朵海浪的主人，也不只是做一座海岛和一片海洋的主人，更是为了与每一粒海沙，每一朵海浪，每一座海岛，每一片海洋，成为兄弟。如此才有赵述岛上那座兄弟庙，其传说与道德的主旨是：船上没有父与子，海上不分叔与侄，上了船，出了海，所有人都是患难兄弟。海有海的哲学与审美，海有海的叙事与传奇。不理解大海，就无法理解一滴水。理解了南海的一滴水，才有可能胸怀祖宗留下的南海。

流火的7月，歹毒的台风即将袭来，却暂借船头一片平静。南海的事，一天也耽搁不起。南海的美，每一样都刻骨铭心。如是写下这诗句：

长城长到天姿几？

永暑永兴永乐知。

我有南海四千里，

不负汉唐三沙旗。

《光明日报》2016年7月15日

评鉴与感悟 —— 茅盾文学奖得主刘醒龙，一向文字狠辣，架构宏大。本文是他参加"文学三沙行"的力作，同样写南海，他的南海更为深邃磅礴，有一种民族文化的通透；同样写主权与尊严，他写得更为包容和自信，汹涌激荡的情怀力透纸背。写意江山，写意海岛，写意士兵，写意守望海岛的老人，生命的硬度与海天一体，每个字均有洪荒之力。都说小品文包罗万象，这篇文章，不似散文，倒似散文诗，跟余光中的《听听那冷雨》，可称"双璧"。一者是跨过异国的文化乡愁，一者是超越种族的文化寻根，恰如一把渔网，打捞全部的历史和现实。（石图）

放下，是一种美丽

/阿甘

一日，友人让我描绘心中的梦想。我不假思索立即回答：希望有一天我来到布拉格老城广场，走进一家咖啡店，坐在临窗的位置，看着窗外一幢幢写满沧桑、风格各异的楼房，金色的塔，红色的顶，灰黑色的墙，还有天上云卷云舒，地上人来人往，耳边传来街头艺人的低吟浅唱，心中没有念想，一任时光静静流淌……

说完这些，我自己也感到讶异，为什么会有这个念头？

是因为喜欢去远方？旅行我喜欢，但并非酷爱。有闲情逸致，或一人河边垂钓，或三两朋友小酌海聊，抑或回老家看望久病的老母也行。布拉格是一座七彩之城、爱情之城，如同一首叫《布拉格广场》的歌所唱，琴键上透着光，彩绘的玻璃窗，装饰着哥特式教堂，谁谁谁弹一段，一段流浪忧伤，顺着琴声方向看见，蔷薇依附十八世纪的油画上，在旁，静静欣赏，在想，是否多久都一样……而我走过国内外上百座城市，许许多多风景、文化、人情、习俗特色鲜明的城市都给我留下了难忘的印象，当然还有更多的地方值得去探访。

想到这里我方明白，我心中梦想的内核，是没有任何念想。

我想去远方，放下事务与羁绊。我佩服那位辞职女教师，她的辞职信就十个字：世界那么大，我想去看看。我想同她一样，放下身心不能承受之重，去远方，去布拉格，去欣赏那七彩斑斓，去品味甜蜜温馨，去感受欢乐祥和。六世达赖仓央嘉措的诗歌非常优美，我记得最牢的一句是：住进布达拉宫，我是雪域最大的王；流浪在拉萨街头，我是世间最美的情郎。而我，就想撕开缠我太久的面纱，去布拉格流浪。

只是，我知道我不能。太多的责任与担当，像沉甸甸的石头，怎能够放下？再重，也得背上，向前爬！

我更懂得，身上的石头放不下，心里的石头我必须要放下。只有心里的石头放下，才是真正的放下。智者说，人生有八苦：生、老、病、死、爱别离、怨长久、求不得、放不下。智者又说，命由己造，相由心生。世界万物皆是化相，心不动，万物皆不动；心不变，万物皆不变。我说，万事万物只要践诺于行，只求无愧于心；只要付出了，就别去问结果；只要用心了，又何苦求极致。我还想说，无名无利之人，亦就无畏。多远的路算前程？多少的钱财算富有？我们该追求的，应是不以物喜，不以己悲；拿得起，放得下；真勘破，真自在！这是一幅多美的图景啊！人生若此，夫复何求?!

我说完，友人深以为然：等你有一天去布拉格广场，我希望坐在你身旁。

《思维与智慧·下半月》2015年第10期

评鉴与感悟

人人皆有梦想，或妄想执着，为梦劳碌忧虑，不得安生；或为梦抛弃世俗，失去担当，只求自在。作者笔锋几转，告诉人们两者皆不可取。"梦想的内核，是没有任何念想。"远方有多远，放下便不远；敢于拿得起，才是真"放下"。勘破了，在世间修个"生活禅"，才算真美丽、真人生。（石图）

唯一,就等于没有

/张嘉佳

2002年,和一群志同道合者做活动。活动结束后,大家在路边饭馆聚餐。吃了一半,招牌菜酸汤鱼上来。我眼巴巴等它转到面前,和我隔三四个座位的女孩X放下筷子,说我要走了。

她是大学校花,清秀面庞,简单心灵。男生们纷纷举手叫着,我来送你。X红着脸,我不要你们送,我要张嘉佳送。

我好不容易夹到一块鱼肉,震惊地抬头,惨烈地说,为什么?凭什么?干什么?我囊中羞涩没有钱打车。说完后继续埋头苦吃。然后呢?然后再见面在三年之后。

2005年,X打电话来,说想和我吃顿饭。吃饭总是好的,我正好怀抱吃郊区一家火锅的强烈欲望,就带着她打车过去了。她说,一年多在高新区上班,离家特别远,都是某富二代开车一个多钟头来回接送。我沉默一会说,也好,他很有毅力。

X低头,轻声说,一开始坚持坐公交车,但他早上在家门口等,晚上在公司楼下等,坚持了几个月。有次公交车实在挤不上去,我就坐了他的车。我一边听一边涮羊肉,点头说,上去就下不来了吧。她什么都没吃,筷子放在面前,小声说,不知道,我不知道。

吃完了,我摸着肚子,心满意足出门等出租车。半天没有,寒风飕飕，冻得我直跳脚。X打电话喊车过来接我们，我知道就是富二代的车。车是宝马，人也年轻。虽然不健谈，可是很文静。

X坐在副驾，从视后镜里，我能望见她安静地看着我。我挪到门边，头靠在车窗。夜渗透玻璃，空调温暖，面孔冰凉。驰过高架，路灯一列列飞掠。什么都过去了，人还在夜里。

这场景经常出现在梦中，像时间长河里倒映的流星。

梦里，可以回到2002年的一次聚餐，刚有女孩跟我说，算了吧，刚有另一个女孩说，送我吧。然后呢？再也没有然后了。

多少年，我们一直信奉，每个人都是一个半圆，而这苍茫世界上，终有另外一个半圆和你严丝合缝，刚好可以拼出完美的圆。

这让我们欣喜，看着孤独的日，守着黯淡的夜，并且要以岁月为马，奔腾驾驶到彼岸，找到和你周长角度裂口都相互衔接的故事。然后捧着书籍，晒着月光，心想：做怎样的跋山涉水，等怎样的蹉跎时光，都不重要，重要的是对面有谁在等你。

有个朋友的世界观在禽流感爆发那天展示给了我，他依旧在吃鸡，并且毫无畏惧。他说，撞到的概率能有多少，大概跟中彩票特等奖差不多吧。我突然觉得很有道理，如果十几亿人中，只有唯一的半圆跟你合适的话，命中注定的话，那撞到的概率能有多少，大概跟中彩票特等奖差不多吧。

分母那么浩瀚，分子那么微弱。唯一就等于没有。这个世界上，没有两个真的能严丝合缝的半圆。只有自私的灵魂，在寻找另外一个自私的灵魂。我错过了多少，从此在风景秀丽的地方安静地跟自己说，原来你不在这里。

2012年，在西安街头，捧着手机找一家老牌肉夹馍。烈日暴晒，大中午地面温度不下四十。我满头大汗，又奔又跑又问人，走了一个多小时。终于头晕目眩，顶不住，瘫倒在树荫下。最后希望出现，旁边饭馆服务员说他认识，带我走几步就抵达。

小店门头已换，所以我路过几次都没发现。肉夹馍还未上，严重中暑的我晕厥了过去，醒来发现店里乱成一团。伙计想帮我叫车，我无力地拦住他，说，他妈的，让我吃一个再走。

不能错过那么好的肉夹馍，因为我已经错过更好的东西。

等其实不可怕，因为在等待的过程中，你依旧过着自己的生活：打游戏、看电影、吃大餐、旅行。

等不到，你还是你自己。

因为要等待日出，必然会辜负安眠，但别错过山顶每一丝原本就属于你的风景。

所有该尽的义务，该背负的责任，所有该去争夺或是退让的事物，所有人世间的牵牵绊绊都被隔在铁轨的两端，而我，在车厢里的我是无所欲求的。在那个时刻里，我唯一要做也唯一可做的事，只是安静地坐在窗边，观看着窗外景物的交换而已。

窗外景物不断在变换，山峦与河谷绵延而过，我看见在那些成林的树丛里，每一棵树都长得又细又长，为了争取阳光，它们用尽一切委婉的方法来生长。走过一大片稻田，在田野的中间，我也看见了一棵孤独的树，因为孤独，所以能恣意地伸展着枝叶，长得像一把又大又粗又圆的伞。

在现实生活里，我知道，我应该学习迁就与忍让，就像那些密林中的树木一样。可是，在心灵的原野上，请让我，让我能长成为一棵广受日照的大树。

我也知道，在这之前，我必须先要学习独立，在心灵最深处，学习着不向任何人寻求依附。

评鉴与感悟 —— 略有点小资情调，略有点鸡汤味道，多少还有些流行文风的造作。但是，重要吗？文章的内核还是实的。都市芸芸众生，饮食男女，情感向何处栖息？重要的不是找到另一半，重要的是找到自己，找到自己心灵的圆满。"分母那么浩瀚，分子那么微弱。唯一就等于没有。"文中的"概率论"给人启迪。（石图）

看人是一种本事

/蔡澜

人活到老了，就学会看人。看人是一种本事，是累积下来的经验，错不了的。

古人说：人不可貌相。我却说：人绝对可以貌相，我是一个绝对以貌取人的人。相貌也不单是外表，是配合了眼神和谈吐，以及许多小动作而成。这一来，看人更加准确。

獐头鼠目的人，好不到哪里去，和你谈话时偷偷瞄你一眼，心里不知打什么坏主意，这些人要避开，愈远愈好。

大老板身边有一群人，嬉皮笑脸地拍马屁，这些人的知识不会高到哪里去。虽然说要保得住饭碗，也不必做到这种地步，能当得上老板的人，还不都是聪明人？他们心中有数，对这群来讨好自己的，虽不讨厌，但是心中不信任，是必然的事。

说教式地把一件不愉快的事重复又重复，是生活刻板的人，做人消极的人，这种人尽量少和他们交谈，要不然你的精力会被他们吸光。

年轻时不懂，遇到上述这些人就马上和他们对抗，给他们脸色看，誓不两立，结果是给他们害惨。现在学会对付，笑脸迎之，或当透明，望到他们背后的东西，但心中还是一百个看不起。

美丑不是一个很大的关键。

我遇到很多美女，和她们谈上一个小时，即刻知道她们的妈妈喜欢些什么，用什么化妆品，爱驾什么车。她们的一生，好像都浓缩在这短短的一小时内，再聊下去，也没有什么话题。当然，在某种情形之下，你不需要很多话题。

丑人多作怪是不可以原谅的。几乎所有的三八婆都是这一个典型。和她们为伍，自己总会变成一个，一字曰八，总之，碰不得也。

愁眉深锁的女人，说什么也讨不到她们的欢心，不管多美，也极为危险，这些人多数有自杀倾向，最怕是有这个念头时，拉你一块走。这种女人送给我，我也不要。现实生活中也会遇到的，像林黛玉和乐蒂等人，都是遗传基因使她们不快乐。

大笑姑婆很好，她们少了一根筋，忧愁一下子忘记，很可爱的。不过多数是二奶命，二奶又有什么不好？她们大笑一番，愉快地接受了。

爱吃东西的人，多数不是什么坏人。他们拼命追求美食，没有时间去害人。大笑姑婆兼馋嘴，是完美的结合，这种女人多多益善。

样子普通，但有股灵气的女人，最值得爱。

什么叫有灵气？看她们的眼睛就知道，你一说话，她们的口还没有张开之前，眼睛已动，眼睛告诉你她们赞不赞成。即使她们不同意你的看法，也不会和你争辩，因为，她们知道，世界上要有各种意见，才有趣。

我们以前选新人，六七十年代中一部片就是上千个，有谁能当上女主角，全靠她们的一双眼睛，有的长得很美，但双眼呆滞，没有焦点，这种女人怎么教，都教不会演一个小角色。

自命不凡，高姿态出现的女强人最令人讨厌——她当身边的人都是白痴，只有自己一个才是最精的。这种女人不管美丑，多数男人都不会去碰她们。从她们脸上可以看出荷尔蒙的失调。

"我还很年轻，要怎么样才学会看人？"小朋友常这么问我。

要学会看人，先学会看自己。做人一定要保存一份天真，像婴儿一样，瞪着眼睛看人，最直接了。

沉默最好，学习过程之中，牢牢记住就是，不要发表任何意见，否则即刻露出自己无知的马脚。

注视对方的眼睛，当他们避开你的视线时，毛病就看得出来了。

不是绝对不出声。将学到的和一位你信得过的长辈商讨，问他们自己的看法对与不对。长辈的说法你不一定赞同，可以追问，但不能反驳，否则人家嫌你烦，就不教你。

慢慢地，你就学会看人了，之中你一定会受到种种的创伤，当成交学费，不必自怨自艾。

什么时候学会看人，年纪大了自然懂得。当你毕业时，照照镜子，看到一只老狐狸。我就是一个例子。

自媒体"百度百家"2016年2月18日

评鉴与感悟

魏晋时代有一种品评人物的风尚，可惜专在士子。蔡澜先生此文对现代人的分类品评可谓是中肯独到。相由心生，境由心造，"要学会看人，先学会看自己"，结尾这一"点睛"是高明之处。看人，品人，品己，吃透了就是一种君子之道，所谓"从心所欲不逾矩"。这恐怕才是作者的言外之意。（石囡）

做得多不如做得对

/吴淡如

我一直有个可怕的毛病,有一堆事情等待我处理时特别明显。比如说,我通常在早上写稿,中午自己弄东西给自己吃,"贪多务得"的习惯在这时候便展现无遗。

我会先把煮水饺的水烧开,然后,看一看阳台上的花木,有几片枯黄的叶子该剪掉了,我立刻戴上了手套,寻找园艺用的剪刀。打理花木时我看见昨天晒的衣服还没收,待会儿可能要下雨了,于是我又放下剪刀,把衣服收进衣柜里。这时发现衣柜里的衣服放得有点不顺眼,又顺手理了理……

糟糕,水老早煮滚了,我放了水饺,心想,为什么不连餐后咖啡一起煮,省点时间呢?于是……然后我又等得不耐烦了,随手翻开书架上昨天买的书,趁着空当读了起来。

有一次,因为发现水饺快被我煮烂了,情急之下,赶快熄火,掀开锅盖时,不幸地被旁边正在加热的摩卡咖啡壶所吐出的蒸气烫伤。

是的,我贪多务得,企图在最短的时间内做最多的事。我一边用冰敷着我的手臂,一边检讨,我为什么要一口气做这么多事?我真的省了时间了吗?我把每一件事都做好了吗?

答案是,没有。而且除了烫伤我的手之外,还不知道损失了多少脑细

17

胞。我为什么要把自己搞得这么紧张，明明只是在做家事？于是我想到了高中以前的数学课。

　　数学对我来说，一直是"不管我怎么努力，我都考得不太好"的一科。其他的科目不太费力就可以在班上名列前茅，但是天知道，数学花了我多少力气，却没有我觉得"应得"的成绩。到了高三，我想，放弃算了。有一次，题目既多又难，让每个同学都在唉声叹气。我忽然看到了一线曙光。"慢慢来，能做多少就做多少吧。管他能得几分呢？"我开始选择可能会的那一题开始做起，十分确定自己做对了之后，再慢条斯理进攻下一题，然后，再做下一题。真的不会，就放手，用耐心跟时间磨，完全不管时间到了没有。结果，出乎意料的，我竟然考及格了。全校只有七十多个人及格。数学老师跌破眼镜，笑着说："有进步，有进步！"

　　做得多不如做得对，我这才发现自己原来的毛病出在哪里。对于数学，我不是不能理解，只是反应比较慢，而我一直想把每一题都做完，对时间的恐惧加上对自己能力的否定，使我在惊慌下反而把该会的都在不够谨慎的状况下做错了。从此我谨记这个教训，能做多少就做多少。

　　我常常得克服自己以"贪多务得"来处理手边一堆事情的毛病，也尽量不要让自己在同一时间内处理那么多事情，至少先把先后顺序和轻重缓急分出来，把重要的事情先做好。

　　不必担心做不完，该担心的是如何把第一件事做完再做第二件；就像在读书的时候一样，如果你在准备历史时，想着明天还有地理考试，还要考《论语》《孟子》的默写，你永远无法把真正该放进脑袋里的东西好好装进去。而且，当脑袋混乱时，你的情绪一定好不了。

《广州日报》2016年6月27日

评鉴与感悟

　　贪多务得，盈则缺。这道理不是每个人都懂，但读罢此文，对此哲学命题的理解定会上一层次。这则小品行文闲淡，好似拉家常，但主题紧凑，半句废话也无，又像道家的浅显譬喻。妙处不在道理的深奥，难得的是返璞归真、率性亲切、自然有趣。（石图）

极限也许只是一根草

/叶延滨

最近常看一个电视节目《挑战不可能》。参与节目的人，都是平时与我们生活在一起的凡人。但他们走上节目演播厅，都带上了常人认为不可能的"高招"，挑战人们认知的极限。比方说，主持人从200支点燃的蜡烛中，拿出一支，让蒙上双眼的美术家打开眼罩，观察一会儿，然后把这支燃烧的蜡烛放回那两百支中。美术家转身走近观察200支烛火，在30秒钟的时间内，居然准确无误地挑出了这支烛火。这里没有特异功能，就是美术家对微小火焰和灯芯精细观察，便能从中发现它们的差别。还有开着直升机，用支架开啤酒瓶盖的飞行员。特别是一个社区女民警，能从十五个打扮一样蒙面行走的孩子中，找出其中的四胞胎兄弟，连国际刑警李昌钰都感叹："我不行，做不到。"这个节目是对那些热爱本身职业的普通人的赞扬，也让我们看到，人的能力可以达到的极限边界。

这些极限挑战，其实也是在提醒人们，人的能力总有极限。不是"什么人间奇迹都可以创造出来"，凡是那种超越极限的话，都是骗人的话。最近几年，几位诗人出乎人意料地去世，让我感到，与"挑战不可能"展示的生命张力相反，生命的另一种特征，那就是脆弱和不堪一击。诗人刘希全，是个性情豪爽的山东人，正值中年，调到我所在的单位工作，有望一年后担任主编，到任不足百日，孰料突发心脏病，英年早逝。随后几位诗坛熟悉的诗人，相继逝世。有一位头一天还说要出国访问，自己上医院去拿药，进了医院就没出来。有一位刚在会上分手，再听到的就是离世的消息……

如果说生命是一根弓弦，《挑战不可能》里的主人公们，用绷紧的生命之弦，奏出了美妙的高音。现实生活中，从我们身边离去的那些人，他们在某一个节点上，这根弦绷断了。常说"压倒骆驼的最后一根稻草"，那么谁能知道那最后一根稻草是什么？也许每个逝去的生命，最后那一根稻草都不同。因为不同，所以古人说它们有一个共同的名字"无常"。"吾生也有涯，而知也无涯。以有涯随无涯，殆矣。"庄子是洞悉生命奥秘的大师。他说，生命是有限的，天下的知识和学问是无尽头的，什么都要想得到，那就活得太累了。庄子真是辩证法大师。人可以在某一专门技艺上精益求精，创造出奇迹；同时人更要明白不可能什么都得到，要舍得放弃。"为善无近名，为恶无近刑，缘督以为经。可以保身，可以全生，可以养亲，可以尽年。"庄子讲得真好：愿意去做大家认可的善事，但不要为名声而去做；敢于做大家认为的错事，但不要触及法律底线，遵循常理和中道，这样就可以享受人生。

庄子帮我找到了那一根要命的稻草。人生有追求，术业有专攻，就能做出成绩，甚至"挑战不可能"；人生有得失，生有涯而知无涯，善待生命，要学会放弃和舍得。在你放弃的许多"舍不得"里，必有一根将会是"压垮骆驼的稻草"。

《思维与智慧·下半月》2016年第8期

评鉴与感悟 —— 叶延滨的文和他的诗一样，有慧根。怎样的生命态度才是符合天地之道？作者从"极限挑战"的流行说开去，反过来一看，一味地超越边界跨越极限，未必真值得弘扬。懂得尊重底线，懂得舍弃，才会守住生命最后一根稻草。这是一种生命智慧。（石图）

规矩是怎样变软的

/乐朋

国家的典章制度，俗称规矩，要求社会成员一律遵行，没有例外。但在人情弥漫的古代中国，规矩往往会变软。这并非规矩不硬，而是执行过程中容易走样，或叫异化。规矩走样最显见的，是因人而异。对平民百姓、底层小吏，它很硬、很铁，但碰触到权贵及其圈内人，就软绵绵的，硬不起来。

发生在明朝首辅张居正身上的几件事，便显现了规矩变软的奥秘。以"改革名臣"著称的张居正，整饬吏治，雷厉风行。其铁腕改革的重要一项就是制定"考成法"：整肃官场吃喝玩乐的腐败风气，为此大幅削减驿站经费，并立下规矩——无故到驿站免费吃喝的官员，一律摘去乌纱帽；而随便招待官员的驿站官吏，同样要受罚。此招一出，全国驿站经费锐减，官员吃喝风也得到遏制。规矩硬，执行严，收效大。

但规矩落到张居正头上却不灵了。万历六年（1578）春，张居正回乡葬父，一路上不但有千名皇家禁军随从，还配置了豪华仪仗队。张居正乘坐的大轿，前面会客，后面休息，中间设走廊，配有侍从摇扇、焚香；光是轿夫，一班就要用32人。路过河北真定（今正定），知府钱普特意找来南方名厨为张居正烹调美味佳肴。地方官员不但要迎来送往，还得送上一份"奠金"。驿站容纳不下这庞大的队伍，只得另行辟置馆舍。

不是有禁止官员用公款吃喝玩乐、节省驿站开支的规矩吗？张居正虽是皇帝特批回乡葬父的，但如此奢华、挥霍公款，怎么就没人出来说"不"？理由无他，因为张居正不一般，他是明神宗的帝师，又是当朝宰辅之首和功臣！

张居正在政治、经济方面进行改革之后，又大力推行"整顿学风、重振人才"的教育改革。他上书提出，教育部门官员要品行端正、博学多才，学生要好好读书，不得结党营私、贿赂教员，杜绝开后门、权钱交易的歪风。为此，他还制定了条例，以规范教育部门官员、教员、学子的一言一行。明神宗立即下旨，要求严格执行条例。

规矩立得很好，可张居正又做了违反者，替三个儿子大搞舞弊。因老大张敬修科考落第，一怒之下，张居正竟下令停止当次"馆选"，使一批举子失去做官的机会；老二张嗣修科考，他命亲信张四维任主考，又在太后、皇帝的祖护下挤掉才子汤显祖，让张嗣修当了榜眼；更可耻的是，老三张懋修参加万历八年（1580）科考，张居正竟然亲自动笔替儿子做试卷，使之夺得"廷试第一"的状元。力主"整顿学风"的他，却耍尽手段，顶风作案。钦定的教育条例对张居正而言等于一张废纸！

海瑞评说张居正，"工于谋国，拙于谋身"。说得有点在理，因为张相爷的生活不检点，史有明载，但这批评并未打中特权体制性之要害。绝对的权力必然导致滥权枉法，滋生绝对腐败。修德、谋身的作用有限，特权的威势既可吞噬道德、良心，也足以侵蚀、摧毁所有规矩。

《读者》2016年第18期

评鉴与感悟

不愧为一篇良心之作！于历史，对张居正改革失败原因的探究，可谓入骨三分；于现实，对"不懂规矩的中国人"，可谓是一声警钟。人情社会，酱缸文化，均从传统中来。或许只有对传统的反思，才有益于未来之家国。（石图）

曲　线

/ 江仕骏

　　有人说，直线勾画生活的规则，而曲线增添生活的味道。我喜欢曲线，它有一种不落流俗的范儿，是诗意的，绕过尘世的藩篱，于不经意间达到至深的境界。

　　专注一种选择就教条，执着一条道路就呆板，保持一种音调就乏味。曲线刻画生活的缤纷多彩。嘴角上扬，弯曲的弧度，是个可爱的对号；微风徐来，细碎的波纹，摇曳清秋的月亮。岸险水急，需要湍流而过；纠纷摩擦需要委婉化解；柳暗花明，曲线出美景；百转千回，曲线有奇观；轻歌曼舞，曲线婀娜多姿；雨过天晴，曲线五彩缤纷。得曲线，乐驱驰，人生有内涵、有风度、有品质。

　　曲线，是一种因势利导。兵无常势，水无常形，不要拘泥于一时一地一个水平面上，该放手时放手，该转弯时转弯。采菊东篱，南山幽现，怎一个潇洒写意？倘若自欺欺人，分明廉颇老矣却偏要粉墨登场，折了腰，伤了骨，闹了个灰头土脸，啼笑皆非，最终只能黯然离去。李斯在家乡的时候，发现了仓中鼠和厕中鼠。李斯厌恶厕中鼠的卑贱，立志做一只高贵的仓中鼠，他凭借精明强干在秦国站稳脚跟，苦心经营，终于成为仓中鼠的一员。而在秦始皇死后，他为了保全仓中鼠的地位，居然与赵高狼狈为奸，最后被腰斩于市，好不令人唏嘘。人在繁华过尽时应当急流勇退，站在悬崖边看风景，稍不留意就会粉身碎骨。范蠡、范雎就深谙个中道理，调转船头，不是自废武功，而是看到别有洞天，如果自我设限，把自己其他的可能和机遇给扼杀了，那人生真是一无是处了。

曲线，是一种柔力坚韧。生活是一场步履艰辛的马拉松，不经历苦痛，别想完赛。曲线不是妥协与退让，而是忍受接受耐受，闪转腾挪间走完心路历程。看病不易，升学不易，养家糊口更不易，与其等困难变质发霉，不如把智慧瘦出腰身，千钧一发之际练就举重若轻，一颦一笑中化解尴尬冲突。阿拉伯有句谚语："为了玫瑰，也要给刺浇水。"屈伸有方，张弛有度，难以逾越的困境也会有回旋的余地。锋芒不露也是锋芒内敛，一心向前，不必时刻走在人前。刘邦当得君主也当得奴仆，能屈能伸的特质决定他即便有时躺着、蹲着也强过项羽始终站着，走着。历史告诉我们，只要懂得养精蓄锐，卧薪尝胆，把握时机，也能"躺"赢。

曲线，是一种潜力迸发。沧海横流，曲力奔涌而出，危急时刻，思绪豁然贯通，应对如天助神授。里约奥运会上，中国女排开局不利，在退无可退，众人唱衰的不利局面下，竟然接连挑落强敌，再次荣登世界之巅。背水一战的困境，反倒使队员放下包袱，兑现了自己应有的潜力。曲线是绝处逢生，途中陡变，忘记过去，显露真我的底色，倾其所有，力挽狂澜。哪怕腿已弯，脚已乏，不能一蹴而就，也可以另辟蹊径，宛转上升，螺旋上升，"曲线救国"。曲线迸发不是说来就来，还得在平时认真打磨自己。沉潜心性，凝聚色彩，专注，好似一把锐利的钻头，把直钻心头的痛磨成计上心来的巧。或许磨砺的过程枯燥乏味，但我们必须坚持，戒妄言，戒焦躁，争取磨出强度，磨出底蕴。待水滴石穿之时，岁月已经打磨出更好的自己。超越自我，就像起先在一个狭小的空间里突围，而后又登上更高的平台去解围，在突围解围的过程中，悄无声息地，我们也走向了梦的远方。

山重水复，曲径通幽，灵动的曲线助你走向光明的彼岸。与曲相伴，风来拂面，雨来沐身，宠辱不惊，优雅有致，当是人生境界。

《人民周刊》2016年第18期

读罢不由想道：老老实实作文，有何难哉？此文立意，亦雅亦俗，行文规矩，起承转合，结尾也收得妙。道理并不算深奥，难能可贵的是踏实真诚，用典得当，算是"归真"之作吧。不求奇，不求险，"八股"式的清谈不亦可爱乎？建议高考生认真研读此文，金榜题名，作文做人还是要向开阔处行。（石图）

品史篇

大宋的胸怀

/徐问笑

叶梦得的《避暑录话》中记载，赵匡胤在立国之初，"密镌一碑，立于太庙寝殿之夹室，谓之誓碑"。每当新皇即位，便须"谒庙礼毕，奏请恭读誓词。独一小黄门不识字者从，余皆远立。上至碑前，再拜跪瞻默诵讫，复再拜出。群臣近侍，皆不知所誓何事"。这个碑誓内容，除了赵宋的列位皇帝得知外，没有任何人可以看到。一直到靖康之变时，金兵攻占开封，碑誓内容才泄露出来："柴氏子孙，有罪不得加刑，纵犯谋逆，止于狱内赐尽，不得市曹刑戮，亦不得连坐支属；不得杀士大夫及上书言事人；子孙有渝此誓者，天必殛之。"

不得不说，能以碑刻这种不可磨灭的方式，让自己的子孙后代作出不得杀前朝皇室后裔以及士大夫和言事者的誓言承诺，千百年来，也唯有宋太祖这一位皇帝了。这位器识宏远的帝王不但有大魄力、大胸怀和大手段，而且开明、仁慈、包容。事实上，两宋历史上，诸位皇帝算是比较听话的，这块誓碑所起到的约束作用确是不可估量。

在宋朝皇帝以极大的胸襟包容和支持下，许多不管在为官还是为文都有着杰出成就的著名人物，才得以在历史的舞台上演绎出一个个精彩纷呈的故事。

我们经常戏称山西人为老西儿，究其渊源，却是出自于对寇准的爱戴和怀念。就是这个寇老西儿，胆子可谓极大。《宋史·列传》里记载："（寇准）尝奏事殿中，语不合，帝怒起，准辄引帝衣，令帝复坐，事决乃退。"好了，直言上谏不算，皇帝生气了，还敢拉住衣角不让走。也算是他运气好，太宗皇帝事后不但没有责怪他，反而拿他与魏征并论。但对他甘冒天子之怒，也要"挽衣留谏"的行为，要换成一个脾气不好的皇帝，估计早就毫不留情了。

中国古代历史上，第一个被谥号为"仁"的皇帝，就是北宋的赵祯。他在位整整四十二年，他的知人善任、善于纳谏，在历史上都是非常有名的。历史上公正廉明、铁面无私的包青天，就是出于仁宗一朝。包拯这个人，要是接受时下所谓的情商测试，估计能及格就不错了。据相关记载，这位包大人在人情世故方面很是欠缺，在当时也没什么朋友，跟皇帝讲话也是一点情面也不讲。他在担任监察御史和谏官期间，屡屡犯颜直谏。有一次，深受仁宗宠爱的张贵妃，想为其伯父张尧佐谋一要职。皇帝刚下诏令，包拯就开始不依不饶地上谏，皇帝不愿意听，他"傻"劲儿一上来，言辞激烈之下，居然将唾沫星子都喷到仁宗的脸上。但仁宗皇帝却一边用衣袖擦脸，一边苦着脸，继续接受他的建议。这反映出这位帝王的度量之大，非常人能比。经此一事，包拯的政治生命不但没有结束，日后还能落得个千古传诵的美名，这某种程度上也是得益于仁宗的宽仁和成全了。

宋仁宗皇帝去世时，大宋朝野上下莫不哭号，举国哀痛。讣告送到辽国后，"燕境之人无远近皆哭"，时为辽国君主的辽道宗耶律洪基更是悲痛不已，哭道："四十二年不识兵革矣。"并且，为寄托深切之哀思，他竟在其辽国境内设了仁宗的衣冠冢，此后，辽国历代皇帝皆"奉其御容如祖宗"。不得不说，仁宗皇帝的仁政魅力已是炳照千古。

宋朝的神宗皇帝，后世又有人戏谑他为大宋历代皇帝中的"一代愤青"，但不可否认的是，除了太祖、太宗兄弟俩外，在大宋历代继统的皇帝中，他算是比较有理想有魄力的一位皇帝。正因为抱着励精图治、锐意改革的巨大决心，他才能在重重阻力之下，毅然决然地重用以王安石为首的改革派。但就是这样一位有胆识有干劲的皇帝，也时常屈服于保守派的势力，在朝堂上屡屡被文彦博等一批老臣为难，怒极却又无可奈何。有一次，他想杀一失职的臣子，却遭到大臣蔡确和章惇的强烈反对，蔡说"祖宗以来，未尝杀士人，臣等不欲自陛下开始破例"。神宗一听也觉得有道理，若为杀一人担负这么大的恶名就不值得了，但轻饶了他又觉得不甘心。于是，神宗沉吟半晌，说："那就刺面配远恶处吧。"这时，章惇却说："如此，不若杀之。"神宗问："何故？"章惇说："士可杀，不可辱。"神宗声色俱厉说："快意事更做不得一件！"章惇毫不客气地回敬了皇上一句："如此快意事，不做得也好！"

类似的事情，王安石也遇到过，但不一样的是，王安石的立场有所不同。众所周知，变法正是王安石倡导的，但在变法运动中，因遇到了保守派的重重阻碍和打击，一度陷入僵局。有一次变法派召开内部会议，几位干将就建议"青苗法不行，宜斩大臣异议者一二人"；"如有必要，可用霹雳手段"。王安石的长子王雱亦附和道："枭韩琦、富弼之头于市，则法行矣。"但王安石却脸色大变："儿误矣！太祖遗训，不杀士人，若开此例，则朝堂成刑场矣！"断然否决了这个提议。

在宋朝三百二十年的统治期间，正是历代皇帝谨守"不杀文人士大夫和言事者"的国策，才给文人积极参政议政创造了一种难得的宽松氛围和良好环境，亦保证了政治上的相对清明。既没有宦官外戚专权、后妃干政和地方割据，也没有爆发过大规模的兵变、民乱，这是非常了不起的。在这种情况下，宋朝的政治、经济、文化教育皆空前繁荣，科技也得到了迅速发展。

据《宋史》记载，宋朝的年赋税收入一度达到近16000万贯文。美国学者罗兹·墨菲在《亚洲史》中说道："在许多方面，宋朝在中国都是个最令人激动的时代，它统辖着一个前所未见的发展、创新和文化繁盛期……从很多方面来看，宋朝算得上一个政治清明、繁荣和创新的黄金时代。"

虽然，朝代的更迭在中国古代历史上屡见不鲜，甚至已成为一种客观的历史规律，但是，蒙古铁蹄之下宋朝惨遭覆灭，已成为千百年来人们最为意难平的一件事情了。如陈寅恪先生所言："华夏民族之文化，历数千载之演进，造极于赵宋之世。"开明、包容、民主的大宋朝，承载着千载文人的理想和梦想，唯其如此璀璨和美好，才更加令人向往、不舍、怀念。

《读者》2016年第11期

读史意在照鉴。一个朝代与一方"誓碑"，在生动而富有意趣的史料和行文中，果然让人们看到了一种襟怀，一种精神，一种魅力，而"魅力已是炳照千古"。这便是大宋遗世的馨香。文末"开明、包容、民主"的点题，看似露，实则隐；非独文人之梦，应是民族复兴之旗。此处，有意蕴在。（于立强）

侥幸的韩信

/周英杰

　　韩信是中国历史上少有的战将，可以说刘邦的汉家天下有一半是他打来的。韩信对于刘邦的重要性，司马迁在《史记》里有很细致的叙述。

　　但就是这样的一个千古名将，却差一点被埋没在历史当中，成为一名默默无闻的过客。

　　韩信的侥幸在于，他在通往成功的道路上遇到了三个愿意死命帮助他的关键人物。而这三个关键人物，缺少了哪一个，他韩信就是三头六臂，也只能徒唤奈何。这三个人物是夏侯婴、萧何和刘邦。

　　众所周知，韩信刚出道投奔的是霸王项羽。现在看来，这是历史给予项羽的一份厚礼。倘若项羽能够慧眼识珠的话，那么，凭着他的盖世勇猛，再加上韩信的韬略，地痞流氓出身的刘邦之类的恐怕只能靠边站了。

　　但问题在于，项羽毕竟没有那双慧眼，他轻易地放过了这样一个难得的军事人才，把他拱手送给了自己的敌人刘邦。

　　说实在的，刘邦比项羽也强不了哪里去。韩信投到他的门下之后，他也只给了韩信一个可有可无的小官。加上这韩信又不好好打理，结果终于落到了要被杀头的地步。

　　就在这千钧一发的关头，韩信遇到了前来监斩的夏侯婴。他在刀架上自己的脖子的时候，大喊了一嗓子："上不欲就天下乎？何为斩壮士？"

也是活该韩信出头，这一嗓子竟把夏侯婴给唬住了。夏侯婴不但没有继续杀韩信的头，而且在和他谈了几句话后，忙把韩信推荐给了刘邦。

夏侯婴是什么人？他是和刘邦一起起家的小哥们，那可是刘邦的"死党"啊，他说话的分量那是明摆着的。这就叫"光有人给你说话不行，关键得有管用的人给你说话"。倘若没有这个夏侯婴，他刘邦知道韩信是谁啊。

但是，此时的刘邦还是没有真正发现韩信的才能，他只是碍于夏侯婴的面子，勉强给了韩信一个更大一些的官——"治粟都尉"。这可能是个肥缺，但对于韩信而言，其心思显然不在能够捞一把小财上面，因此，韩信仍然不满意。

这时，韩信遇到了他生命中的第二个关键人物——萧何。

和夏侯婴一样，萧何也把韩信推荐给了刘邦。因为两个哥们级别的人都说韩信厉害，刘邦实在不能不有点犹豫了。但刘邦这时还是下不了决心，不是因为韩信不优秀，而是因为韩信在个人品德方面大有污点，刘邦接受不了。

读史到此，就不禁发笑。这人啊，一旦人五人六起来，就会忘记自己原先是干什么的。他刘邦有什么资格笑话人家韩信品德有问题啊？他自己不就是一个典型的流氓出身吗？在《史记》中，司马迁说他"好酒及色"，还经常往腐儒的高帽子里尿尿。这样一个人说人家韩信的品德怎么样怎么样，韩信心里注定不服气，于是，一气之下出走了。

因为这一走，韩信的命运发生了奇异的变化。萧何月下追韩信，硬是把韩信的思想工作做通，把他劝了回来。

这一走一回的闹腾，刘邦也就铁了心，再也不犹豫了。这时候，刘邦那点流氓气派上了用场。好，你夏侯婴、萧何、张良之类的不是说此人高嘛，老子干脆就听你们的，把他直接提拔为"大将"，而且公开筑坛拜将，我就和你们赌一把。应该说，这种敢于豁出去的劲头，不是真正的"光棍"那是很难做到的。

当然，从当时的客观情势来分析，刘邦不想豁出去也难，因为面对项羽的挑战，他刘邦的胜算本来就渺茫，与其这样坐等失败，不如干脆赌他一把。

刘邦可能也没有想到，他这一赌可是赚得了天下的一赌。

在韩信的帮助下，刘邦逐渐改变了处处被动挨打的局面，逐渐在楚汉相争的战场上转败为胜，最后垓下一战，采用"四面楚歌"的心理战术，让万夫不当的项羽自杀在乌江的边上，天下终于改姓"刘"了。而韩信本人也在战争中为自己在史书上留下了重重的一笔。虽然后来"飞鸟尽，良弓藏；狡兔死，走狗烹"，韩信最终被刘邦的老婆吕雉和萧何给暗杀了，但是其绝世的才华毕竟没有白白地浪费掉。从这个角度看，韩信也该知足了。

在死前的那一瞬间，韩信应该想到的一点是，历史上在他韩信之前和之后其实有无数人的才能都堪与他媲美，但是又有多少"辱于奴隶人之手，骈死于槽枥之间"，默默无闻地度过一生呢？与这些人相比，他韩信的机遇真是太好了，不但赶上了楚汉相争的纷乱局势，而且也遇到了三个能够识别人才的"伯乐"，终于使自己能够得以在青史上一遛，就凭这，韩信虽九死亦可以瞑目矣。

评鉴与感悟

幸与不幸，往往是品评一个历史人物的思维定势，事实上这其中藤缠树绕，迷雾重重。韩信在一般视野中是一个悲情英雄，是兔死狗烹的典型。本文却反转成篇，认为"韩信也该知足了"，于是故纸堆里翻出了一丝新意，是在说性格、人生、命运，更是在说理想、价值、追求。（于立强）

虞兮虞兮奈若何

/梁长峨

虞姬，这位楚汉战争的祭品，长眠于皖东北灵璧东郊已两千多年了。两千多年来，她的名字并没有随着楚汉战争烟云的消散而被人遗忘。她一直活在文人黑客的诗词绘画中，曲艺戏剧的悲壮凄婉的唱腔中，代代后人口口相传中。

但人们写的、画的、唱的、相传的，千篇一律都说虞姬是殉情而死，对这个主题的表达淋漓尽致，悠悠两千年不衰。

其实，虞姬的自刎远非"殉情"二字可以了结的。

一

她因受宠幸而作为侍从跟随楚军统帅项羽长期征战不止，亲眼目睹了战争的残酷，给百姓带来的巨大灾难。"可怜万里关山道，年年战骨多秋草。"哪一场战役不是杀得尘土蔽日，狼烟滚滚，血染战衣，尸体遍野？哪一场战役不是杀得利镞穿骨，惊沙扑面，声断江河，势崩雷电，天地兮为之愁惨，草木兮为之凄悲？每一位佩弓执枪，寄身锋刀的将士，都祸福难料。"严杀尽兮弃原野，""出不入兮往不返"。他们奔走万里，其存其没，家莫闻知；他们死于荒野，吊祭难至，精魂无依；他们的家人悄悄心目，朝向天涯，但永无归期。善良的虞姬眼见着莽莽大地，寒风悲啸，日

36

色黄昏，野草枯萎，衰朽无垠，年年为凶年，家家都流漓，饿殍处处见，到处是荒田，能不为之胆战心惊？能不为之凄然哀痛？她还希望跟随项王继续征战，让战争再打下去吗？

二

早知今日，何必当初！一个女人在情窦初放时，找一个平民男儿做郎君未必不幸福。春天来了，牵手走在春风里，带着芬芳，沐着歌声，看红花绿草，听虫鸣鸟唱，着迷于茫茫原野，深深的山谷，如入画中，似进梦里，轻逸飘然，妙不可言，美不胜收，再同夫君花间饮茶，续写缠绵，叫人怎样的心醉神迷。秋天到了，天高气爽，云淡风轻，与夫君并肩相携，于夕阳下，在小河边，日落月升，暮色渐笼，水儿轻漾，鸟儿归林，看着岸边静静站立的小树，望着河里轻轻游动的小鱼，一切简洁淡然，波澜不兴，让人怎样的欣悦、淡泊、安然。人这一辈子，以时光为楫，用一个个平凡的故事装进生活的篮子，放入人生的舟楫中，渡着一程又一程的人生之河，就是幸福完满。不浮华，不矫情，不悲怆，无愁无忧，活出自己，何等惬意！人生可以观赏镜中之花，但千万不可渴求水中捞月，那样会很苦很累，最后得到的没有失去的多。人生减去繁琐和浮华，留下最轻最纯的一层给自己，最好！人生以平常凡人的烟火与似水流年相伴，平静地繁衍生息，悠悠老去，最好！纵横天下，心怀广宇，那是伟人的事，与平凡的人，尤其是小女子，何干？冰雪聪明的虞姬追随项羽陷入绝境时，未必不会想到这一切？但为时已晚，她后悔，她自责，最后她只能走向绝望的一刻。

三

最让她心寒的是项羽本人。相爱之初，项羽在虞姬心目中或许是智勇双全的英雄，救黎庶于水火的伟男子。自从跟随项羽长期征战，这种形象在她心目中一定慢慢减弱。"项羽引兵西屠咸阳，杀秦降王子婴，烧秦宫室，火三月不灭，收集货宝妇女而东。"阿房宫覆盖三百里，如果不是项羽野蛮作为，将为世界存下一处无可比拟的最辉煌最壮丽的建筑群。司马迁写《史记》无限惋惜说："楚人一炬，可怜焦土。"这既是野蛮破坏，又是霸占和抢劫呀！虞姬亲眼所见，难道不会觉得她心目中的白马王子太残暴太贪婪吗？项羽攻下咸阳，以为天下大定，万事大吉，忘记刘邦正对他虎视眈眈，忘记统一天下责任，急待衣锦还乡，还得意洋洋说："富贵不归故乡如衣绣夜行，谁知之者？"对此，有一个叫韩生的人私下议论："人言楚人'沐猴而冠'耳。果然。"他知道后，立即叫人把韩生下了油锅。虞姬见此又会作何感想？她难道不会认为她心目中的英雄，原来是个地地道道的残暴凶狠之徒，是个目光短浅、胸无大志、气量狭小之人吗？起兵之初，项羽手下不乏杰出人才，多谋善断的陈平，智勇双全的韩信都曾立于项羽帐下，但都不被他重用，正是这两人最后埋葬了项羽的前程。范增曾在鸿门宴让他一举歼灭刘邦，他不听，而对"内奸"季父项伯，他却信而不移。他不败谁败？冰雪聪明的虞姬一定看出了项羽是个有勇无谋的莽夫，他虽直率、勇武，但无谋略，无眼光，成不了大事。在垓下陷入绝境的虞姬，清醒地看到大势已去，原来想跟随项王夺得天下的心气，泄得一干二净。她不死，又能如何？

四

再说，就是项羽最后统一了天下，当上了皇帝又能怎样？许多年来，她像影子一样跟随着他，经历过漆黑的暴风雨之夜，经历过战场上骇人的恐怖，也经历过饥饿、寒冷、疲劳、颠沛，但项羽这颗炽热的、充满了光彩的、喷出耀眼火焰的太阳，始终照耀着她，始终只属于她一个人。"假如他成功了的话，她能得到一个终身监禁的处分。她将穿上宫妆，整日关在昭华殿的阴沉古暗的房子里，领略窗子外面的月色、花香和窗子里面的寂寞。她要老了，于是他厌倦了她，于是其他的数不清的灿烂的流星飞进他和她享有的天宇，隔绝了她十余年来沐浴着的阳光。她不再反射他照在她身上的光辉，她成了一个被蚀的明月，阴暗、忧愁、郁结、发狂。当她结束了她这为了他而活着的生命的时候"，得到的只是一个"端淑贵妃"或"贤穆贵妃"的谥号，一只沉香木棺，三四个殉葬的奴隶。"这就是她的生命的冠冕。"所以，当项王要突围时，她微笑着摇摇头，迅速抽出小刀，刺进自己的胸膛。项王急忙冲过去托住她的腰，她嘴唇颤动着，他隐隐听到她一句让他迷惑不解的话："我比较喜欢这样的收梢。"

虞姬永远地走了，她是在看透了一切，经历了一切，思考了一切之后，义无反顾地走的。一个看透了一切，自责、悔恨、绝望的人走了，是了无牵挂的。

只是世间知音太稀了。她死后两千多年来，几乎无人理解她的内心世界，反把她的死只看作是"殉情"。男人们都太需要女人对自己的忠贞，为自己殉情而死，故总是借虞姬的自刎，来宣泄自己内心的隐秘的欲望。可怜的虞姬啊！活着她不能左右男人的世界，死后她更无法捂着男人们的嘴巴，消除男人们的心思啊！我们只能慨叹"虞兮虞兮奈若何"！

《中国散文家》2015年第5期

评鉴与感悟 ——

历史总是喜欢站在男人的角度，去品评女人。这篇出自女人之手的文章，站在女人角度观照一个女人的生命和价值，为我们打开了另一扇窗。伴随着感性十足的文字，一股浓烈的忧郁和悲悯情怀，或许会让每一个读到此文的人在"奈若何"的叹息中，感受一种女人独有的书写历史的方式。（于立强）

和王昭君相关的一些事

/穆涛

　　实话实说，王昭君不是"和亲"，是"自亲"。

　　公元前33年，是汉元帝竟宁元年，呼韩邪单于第三次以"臣子"身份朝觐汉朝，"自言愿婿汉氏以自亲，元帝以后宫良家子王嫱字昭君赐单于"。自汉高祖刘邦开始的"和亲"政策，是迫于匈奴的军事压力，属于不得已而为之，由汉朝廷外交提议，送"翁主"给单于做阏氏（王妃）。翁主是诸侯的女儿，皇帝的女儿称公主。"自言"是呼韩邪单于提出，愿做汉家女婿，且王昭君是"后宫良家子"，是入宫待诏的普通人家女子。

　　呼韩邪单于第一次称臣朝汉是在公元前52年，汉宣帝甘露二年。背景原因是匈奴内部大分裂，五位单于并存，相互割据。呼韩邪单于是一支势力，他的胞兄也自立为郅支单于，此外还有三支势力自立门户。呼韩邪南向称臣，是以汉朝廷为保护伞。"单于正月朝天子于甘泉宫，汉宠以殊礼，位在诸侯王上。"这是汉代建国以来匈奴首次臣服，因而汉宣帝用隆重的礼节款待，并赐给大量财物。有趣的是，这一年，郅支单于也称臣朝汉，因顾虑自身安全，只是派专使朝觐，"遣使贡献"，但也受到了汉朝廷的隆重款待，"汉遇之甚厚"。

　　汉军首次与匈奴作战是在公元前200年，汉七年，刘邦挂帅亲征，匈奴的领袖是冒顿单于，交战地点在山西大同一带，32万步兵被30万骑兵分割包围，大败。刘邦依靠给单于的夫人行贿才得以逃命。自此以后一百多年，汉朝廷的外交政策是忍辱自强，虽有和亲，再送大量金银、绸缎、粮食等，匈奴每年仍大肆侵扰北方边境，西起陕甘宁，东至大同、张家口、北京沿线，杀吏虐民掠财。汉文帝时，贾谊称"和亲"是"倒悬"，即大国给小国纳贡示弱。一直到汉武帝执政的后半时期，国家综合实力大增，才有所改善，但在军事上，双方仍属对峙阶段，互有胜负。特别需要说的是，汉军每取得一次胜利，匈奴均在多处边境给予疯狂报复。到昭帝、宣帝时期，倒悬的颓势基本扭转，汉朝的大国之威得以确立，边境的驻军也减少了三成以上。

呼韩邪单于称臣朝汉是标志性事件，是汉与匈奴关系的分水岭。郅支单于后来又反汉，被汉军剿灭。呼韩邪第三次朝汉，直接原因是他的胞兄被诛，彻底心服口服了，娶王昭君，是愿做汉家的好女婿。这一年被汉朝廷改元，定为竟宁元年。也在这一年，汉元帝去世。又过了两年，即公元前31年，呼韩邪单于病逝，他在位28年，晚年娶王昭君，还生了个儿子，名叫伊屠智牙师。

与王昭君相关联的还有一件大事，宫廷画家全部被杀。汉元帝的后宫待诏比较多，他选新宠的办法是看画像，因此宫廷画家成为待诏的行贿主攻目标。"诸宫人贿赂画工，多者十万，少者亦不减五万。"王嫱是平民家女儿，拿不出这么多钱，并不是有些散史中记载的"清风节气不入俗流"。汉元帝也是按画像把王嫱赐嫁呼韩邪的，但见到真人后，感觉和画像出入太大，"及去，召见，貌为后宫第一"，元帝的直觉是画工们有问题，下旨追究，审查后发现，所有画家均是受贿数额巨大，"籍其家，资皆巨万"，震怒之下，"画工皆弃市"，弃市是斩首示众，所有宫廷画家全部被砍头，包括大画家毛延寿、陈敞、龚宽在内。汉元帝在他去世的这一年，搞了一次彻底的"艺术界反腐"。

《美文·上半月》2016年第7期

围绕"和亲""自亲",透视一个女人的命运,揭示历史上民族关系盘根错节的"纠结"之"苦"与"乐"。文章短,史料足。结尾轻轻一挑,借古喻今的意思就出来了。(于立强)

去看一艘古船

/杨少衡

那艘古船我早已拜访过，却又总是一而再，再而三地重复探访，有如去探望一位故人。除了心向往之，当然也得益于地利：我所居之地与它所在的泉州相距不远，我常因事到泉州，常需去拜访著名的开元寺，这艘船恰好泊在寺旁的古船陈列馆里，因之便访成了熟客。

这艘沉没的残船，上世纪七十年代出土于泉州后渚港。据传当年当地渔民在港边滩涂下掘出木材，状似船板，却难以点燃，无法充作薪材。此传闻引起一位考古专家的注意，最终引出一场考古发掘，古船出土。当时为"文革"后期，我还年轻，在一所乡村小学教书。记得是在广播里听到了古船现身的消息，当时心里充满奇异感，一时颇向往。

看到它已经是八十年代中期，我和一些朋友参访泉州，来到了开元寺。那时古船已安详停泊于专为它建设的陈列馆里。初次见面印象深刻，它比我想象的还要宏大。经过修复后陈列的古船长三十四米，宽十一米，有十三个舱，虽船楼桅樯未曾复原，仅船体已显得规模不凡，即使在当下也称得上是一条大船，而它却已经享年七百有余。

于沉没中重现的古船充满沧桑感，格外动人心魄。专家们认定它是十三世纪南宋时期泉州造的三桅远洋海船，方艏、高尾、尖底，具有人称"福船"即当年闽浙一带所造海船的典型特征，排水量四百余吨，载重达二百余吨。有专家推测古船沉没时间应在南宋景炎二年（1277）左右。时为宋元之交，泉州一带风云变幻。有研究者认为古船属于影响当时泉州海外贸易及历史变迁一大重要人物，阿拉伯商人后裔蒲寿庚家族，毁于当年的兵祸。不过，时至今日，古船确凿的归属和沉没原因已难于确认，只有深深的岁月痕迹刻在那一片片于海水中浸泡了七个世纪，显得粗糙发暗的老船板上，诉说着古船的前世今生，人间的沧海桑田，让我看了不能不为之震撼。

后来一次又一次去看那艘古船，每一次拜访都有更多的了解和体验。这艘船在当年的泉州刺桐港只算一艘中型海船。它载运大量香料、药物和其他物品从东南亚归来时沉没于家门口。这艘船采用水密隔舱技术，为当年世界领先。这艘船有一只灵活自如的升降舵，那是外国船舶多年以后才有的装置。这艘船使用"牵星术"，以一把刻有格子的竹质"量天尺"测定恒星出水高度，判定海舶纬度方位。他们还使用被称为"浮针"的指南针，保证船只在波涛汹涌一望无际的大海上驶向既定目标。

船上有一副木制象棋，出土墨书"将""士""车"等名目的棋子二十枚，似乎给了我一条通往当年航海者精神世界的幽深时光隧道。毕竟技术由人掌握，人是船只与航行的灵魂。我想象这艘古船上的古刺桐航海者，他们是用对弈来纾解远航的孤寂与紧张吗？他们掌握了当年世界第一流的航海技术，在将自己的航迹延伸向无尽的海域，在搏击惊涛骇浪之际，无疑也需要信念的支撑和灵魂的抚慰。古船以分别安置在不同部位的铜钱、铜镜组成"七星伴月保寿孔"，以求吉祥好运、一帆风顺。船上一定还供奉着妈祖，那是当年福建航海者的保护神。当年条件下的远洋航行充满艰险，除了祈求神灵保护，最重要的还是倚仗航海者不惧风浪不怕牺牲的强悍勇气。在这条勇者之路上，时时跳动在这些航海者心头的会是些什么？可以想见，追求更好的生活，回归家园和亲人的热望，必定始终伴随与支撑他们破浪远航，再返航归来。他们被生活与命运抛向海洋，可谁曾想过自己其实也在承担着一项使命，航行在创造历史中？

近年来，"一带一路"战略构想使昔日海上丝绸之路重要起点之一泉州得到人们更强烈的关注，我也得以从新的视角去观察和感受它。我注意到在这艘船建造、航行的那个时间段，马可·波罗已于1271年动身东行，四年后到达元大都(今北京)。他在中国生活了十几年，随后奉元世祖之命，护送阔阔真公主到波斯成婚，正是从泉州起航。那时古船当已沉睡海底，但是其畔千帆，泉州刺桐港正当史上最繁荣之际，让马可·波罗叹为"东方第一大港"。三年后他回到意大利，而后《马可·波罗游记》流传欧洲，记述了东方最富有的国家中国，激起了欧洲人对东方的热切向往，推动了地理大发现时代的到来，世界史就此翻开了新的一页。

因此这艘古船值得一看再看。它既是见证，也是先驱。它和它身边的远洋船队见证了曾经有过的辉煌航海时代。在世道起落风雷激荡的当下，古船以及当年航海者的精神气概似乎也在启示、呼唤着新的海上丝绸之路，以及我们新的海洋时代。

《人民日报》2016年5月30日

评鉴与感悟 —— 作为一个小说家，杨少衡的小品文与其小说笔法截然不同，显出了别样的舒缓、丰富、激情、大气。文章娓娓道来，旁逸斜出，由文物而现实，由古船而精神，历史昭示着"世道起落风雷激荡的当下"。（于立强）

凌云行思

/石一宁

仲秋九月的凌云，乍阴乍晴，乍风乍雨。

来到广场时，正下着雨。访客都打着雨伞。绵绵雨中，只见广场上高耸着一尊铜制的孙中山立像。再前行十来米，是一座中西合璧的砖木瓦结构建筑，正中拱门上白底衬书的"中山纪念堂"5个黑色碑体大字，遒劲、凝重。

凌云为汉、壮、瑶等民族聚居地，多半人口为少数民族。揆度孙中山先生之生平，先生生前并未踏足凌云，何以在凌云得享此隆祀？

在纪念堂内瞻仰，听东道主介绍，得知此为凌云先贤王彭年先生之倡议。王彭年，壮族，早年入学广西政法学堂，参加辛亥革命，曾任凌云县第一届议事会长、广西临时议会第一届议员、广州护法军政府内政部次长等职。1925年，任凌云县长。而这一年，3月12日，孙中山病逝于北京东城铁狮子胡同5号行辕，终年59岁。临终前，他说的最后一句话是："和平、奋斗、救中国。"在给家人留下的遗嘱中，孙中山说："余因尽瘁国事，不治家产。其所遗之书籍、衣物、住宅等，一切均付吾妻宋庆龄，以为纪念。余之儿女，已长成，能自立，望各自爱，以继余志。"辛亥革命的胜利，奠定了孙中山伟大革命先行者的历史地位。孙中山逝世后，民国政府号召有条件的地方建立中山纪念堂。王彭年追慕伟人，起而响应并发动

46

县人捐助。1938年，凌云中山纪念堂在原广西泗城府土司衙署后花园破土而立，成为广西第二、百色唯一的一座地标性建筑。"中山纪念堂"5字为王彭年所写。

"革命尚未成功，同志仍须努力。"展厅正面墙上的孙中山彩色画像和画像两边的这副名联，展厅四面近百幅孙中山在各个时期的照片，令我遐思凝想。我想到广西也是全国的第一座中山纪念堂——梧州中山纪念堂。梧州的纪念堂是在时任西江善后督办、梧州善后处处长李济深的倡议下，于1930年10月建成的。梧州之所以抢风气之先，是孙中山为了北伐曾3次驻节梧州。

我想到孙中山与广西之缘，想到广西各族仁人志士对辛亥革命的贡献。1907年3月，孙中山在河内建立军事指挥机关，以越南为基地，组织发动了6次反清武装起义。这6次起义中，3次是在广西边境地区发动的。这些起义虽然失败了，但为武昌起义的胜利积累了经验。友人、广西作家任君的长篇小说《铁血祭》即复活了曾参加过广西境内这几次起义的李德山、陆亚发、褚大等广西籍革命志士的形象，这些革命志士为了做人的自由与尊严，为了再造一个新中国，奋起搏击，以生命为代价，撕开无边的黑暗天幕之一角，为夜色茫茫的中国大地引入一线黎明的曙光。

"危难无所顾，威力无所畏。"在中国历史重大的转折关头，广西人民作出了正确选择。这也是孙中山对广西情有独钟之原因。1921年10月15日，孙中山自广州"天字码头"乘"宝璧号"舰前往梧州，开始了取道广西督师北伐的历程。孙中山自10月17日抵达梧州，至1922年4月19日因改道赣南北伐而从梧州返回广州，在广西驻节了整整半年时间。在此半年间，孙中山还涉足南宁、昭平、平乐、阳朔、桂林等地，接见地方官员，会见各界人士，发表宣传演讲。10月17日刚到梧州，便委托胡汉民在欢迎会上代为宣读训词。孙中山希望广西"人人有民治之思想，出而负责，出而力行，务须达到毋求他人扶助地步，真正民治之精神，方能贯注"。在南宁演讲时，孙中山说：广西同胞"不可放弃主人翁之资格"，"当共同负兴发广西利源之责任"，"以求公共幸福"。

沿着纪念堂的回廊走到堂后，见一方荷池。荷池被青松绿柳环抱。池心有一亭，名曰听荷亭。雨下得大了起来，密集的雨点击打在池水里，击打在荷叶上。仲秋的荷叶，有的仍翠青，大半已枯残。回廊有一石板桥通往听荷亭。亭里有几位访客，或坐或立，或静默或交谈。"竹坞无尘水槛清，相思迢递隔重城。秋阴不散霜飞晚，留得枯荷听雨声。"李商隐的诗句油然浮现脑海。听荷亭旁听雨声，令人思念已远去而宛在的伊人……

我想起母校中山大学。1924年，孙中山创立国立广东大学，并亲笔题写校训："博学、审问、慎思、明辨、笃行"。1926年，广东大学改名为国立中山大学。中山大学广州康乐园校园，至今矗立着一座孙中山铜像，那是孙中山的日本友人梅屋庄吉在1932年赠送给中国的4具孙中山塑像之一，按照孙中山的身高1∶1复制。游览康乐园，孙中山铜像是必定瞻仰的。中大学子毕业留影，亦多选在孙中山铜像前定格。1923年，孙中山在岭南大学怀士堂（今中山大学康乐园内）对学生发表演讲时说："我劝诸君立志，是要做大事，不可要做大官。"孙中山还说，岭南大学之内，四围有花草树木的风景，洋房马路的建筑，这种繁华文明的气象，比校外的荒野景象，真是天壤之别呀。我们中国人现在每日至少有3万万人朝不保夕，愁了早餐愁晚餐，所以中国是世界上最穷弱的国家。大家想到国民同胞的痛苦，应该有一种恻隐怜爱之心，应该人人立志，担负救贫救弱的责任，去超度同胞。如果大家都有这种志愿，将来的中国，便可转弱为强，化贫为富……"立志要做大事，不可要做大官"这段话，至今镌刻于怀士堂，激励着中大的莘莘学子。

"尚余遗业艰难甚，谁与斯人慷慨同。"这是孙中山1907年悼挽第一个为革命牺牲的中国同盟会烈士刘道一的诗句，亦可视为孙中山在那段风云急遽变幻的历史时期艰困情境的自白。辛亥革命不彻底，孙中山不是完人，这在鲁迅的作品、毛泽东的文章中早已多次涉及，在今天更是国人共识。最为人诟病之一，乃1905年在日本东京成立的中国同盟会，以"驱除鞑虏，恢复中华，创立民国，平均地权"十六字为政治纲领，将清廷等同于满族，将满族加以蔑称并排除于中华之外。之后的革命实践，使得孙中山认识到"排满主义"显然不利于作为多民族国家的中国的统一，转而思考民族平等问题。他指出："异族因政治不平等，其结果惟革命；同族间政治不平等，其结果亦惟革命。革命之功用，在使不平等归于平等。"民国成立后孙中山特意会访原清朝摄政王载沣，对他能代表清朝政府和平交出政权，服从共和之举表示赞赏，并讲述民族平等的意义，表达要建立民族平等的新国家的愿景。辛亥革命并未终结中国的苦难和黑暗。然而，"辛亥革命以后，谁要再想做皇帝，就做不成了"。（毛泽东语）孙中山领导的辛亥革命推翻帝制，缔造共和，开启现代中国民主政治的伟大功绩，昭彰日月，彪炳千秋。

　　"凌云山水美如画。"岭南画派大师关山月游凌云时发出如此感叹。而凌云中山纪念堂，召唤的是一种历史记忆和人文沉思，它比美丽的风景更让人深深地记住僻处云贵高原余脉山区的这方水土。

《人民日报·海外版》2016年4月14日

评鉴与感悟 ——　所谓人杰地灵，即便这人这地只是"神交"。伟人的足迹引发了遐思，"凌云"二字有了更多的内涵。文章从一种"巧合"，归结一种启示，由点及面，旁征博引。伟人不是完人，其缺憾正如一地的沟沟坎坎，我们要的只是一种"人文沉思"，以及这种人文、沉思下的雄心壮志。（于立强）

生与死的哲学

/韦星

上周，在采访途中刷微博，我看到了一组抗癌漫画，画面很好，文字也很幽默，充满调侃味。作者是名癌症患者，叫丁一酱。但翻阅看到作者真人照片时，我震惊了：这不是丁XX吗？丁一酱不过是他的化名罢了。

前几年，我和丁XX有过多次接触，对他印象深刻。但多年没联系，他突然就扔出一个"炸弹"来。那时，东莞举办动漫节，我在报社负责这块的采访，在涉及一些专业知识方面，我曾多次向他请教。

丁一酱和我年龄相仿，他2005年7月毕业于华南理工大学，学的是电气工程及自动化专业。不过，他喜欢动漫设计，爱好画画，所以大学时经常逃课去参加一些门户网站的动漫设计大赛，也拿过不少奖。但受父辈影响，毕业后，他还是到台山（江门市下属的一个县级市）一家比较稳定的单位上班。此后，我再也没有看到他的作品。

这次看到他抗癌故事的系列作品才知道：10个月前，他被确诊为神经内分泌肿瘤，晚期。神经内分泌肿瘤发病率很低，每10万人发病数是2~5人。在各类癌症中，神经内分泌肿瘤的占比不足一个百分点。我们知道，56岁的乔布斯就因这病在2011年去世，但丁一酱被确诊患上这病时，不足33岁。

后来，我和丁一酱联系上了，也去看望了他。我们的话题，还谈到了死亡的问题。丁一酱说，被确诊的那一刻，以为"就剩三个月了"，因为电视剧里，导演想让一个人死，总让他患癌症，且三个月后就死了。

后来他才知道，乔布斯患这病时，也能撑8年才死去。当然，同类中能活过5年的，也很少。对这些话题，丁一酱主动提及，没有回避。他说："很多人认为癌症患者忌谈生死，其实是别人比我们更敏感。"

从丁一酱的漫画和微博上可以看出，他对癌症的"嘲讽和调侃"，总能给人积极乐观和无所畏惧的态度。

事实上，在发现自己患癌症的那一刻，丁一酱也"瞬间不淡定了"。他告诉他老婆时，他老婆"稀里哗啦"地就哭起来了。他告诉他爸妈时，电话那头，就传来爸爸妈妈撕心裂肺的哭声……

"说当初一点不害怕是假的。"丁一酱说，但当生命变得无法拒绝的时候，当生命就剩下为数不多时间的时候，要哭着过，还是笑着过？

想到这些，丁一酱只用了几天的时间，就赶紧把心态调整过来了。他说，人生不过是生与死的问题，谁的人生最终都是这样。自己要笑着过，但这无关坚强，因为不想拿生命再为伤心、绝望埋单。

这也是忍受着极端癌痛，丁一酱也要重拿画笔宣传、普及癌症知识，调侃"肿瘤君"的原因。他希望能给那些在阴抑和惊恐中走向生命终点的群体一丁点儿的启发、体悟和温暖。

但癌痛确实很痛，那种痛就像"胸部粉碎性骨折后，还被人每隔10～20分钟猛踩一下"，所以他的画，也是断断续续。他的健康状况，也并不乐观：过去10个月里，他的体重从140斤降到110斤，降了30斤。他的睡眠严重不足，一星期通常有两三个晚上，疼得一夜都无法入睡。

但更大的疼痛是来自精神上的折磨。因为治疗，他每个月都去北京，且一待就是一个星期。

对此，他6岁的女儿对他的"意见很大"：每次你都偷偷走，我等很久也没见你回来。每次我到窗台去看，总看不到你。

向我复述女儿的这些话时，一向给人乐观印象的丁一酱，突然就哽咽了，顿时无助得像个在街角身上被堆满了委屈的孩子。

丁一酱是潮州人，他说他从不担心自己死后女儿的生计和读书问题，因为潮州人的家族观念很强，也很团结，"一个人生病，整个家族都动起来了"。但他担心，在女儿成长路上，父亲的缺席会不会对她心灵带来巨大伤害。

人生不过是生与死问题，但又不只是。如何看待生与死，似乎更值得追问。

评鉴与感悟 ——

主题是阔大的，也是无解的。重要的是"态度"。生与死是哲学，但对于芸芸众生，不过是每天面对的晨昏交替，柴米油盐。文章用一个人的遭遇，折射出了万千生灵的无奈和期盼。（于立强）

品情篇

母亲的大碗

/铁扬

那时，乡人吃饭用三种碗，大、中、小。三种碗都属粗瓷，它们造型不规矩，挂釉潦草，颜色有黑有白。白釉碗绘有蓝色潦草图案，或概念中的花朵，或概念中的云朵，碗边用麻绳样的图案收住。黑釉碗则是清一色的黑，有的黑中还透着暗红。

中号碗用途最广，乡人吃饭多用它。小号碗属于孩子，是中号碗的半碗。大号碗的容量是中号的一倍或更多，人们管这种碗叫钵碗，家里的壮劳力吃饭用它，有长工的人家，长工吃饭用它，那些年我们家里是有长工的。

我们所说的"饭"不属于固体干饭，它专指或稀或稠的流食——粥，里面常杂以瓜豆和薯类。用大碗吃饭的人以粗糙的大手把碗托住，嘴在碗边上转动着喝出响声，显得十分豪迈。

女人们吃饭不用大碗，我母亲却有一只，这是她的专用，且每年只用一次，那是她的生日。平时这只碗被倒放在碗橱一个什么地方，家人很少注意它的存在。这是一只白釉、蓝花钵碗，碗身就绘有似云非云、似花非花的乱线般图案，沿碗边就是随处可见的麻绳图案。母亲生日这天，家人才注意到这碗的存在，确切说，当母亲端起这碗时，人们才恍然大悟：今天是母亲的生日了。

这时的母亲从一个什么地方捧出这只大碗，自言自语着说："今天换个大碗。"说着把锅里的"饭"不声不响地盛入碗中，坐在自己刚劳作过的灶前，呼呼喝起来。那时灶膛的余火尚在，余火映着她那一张平时就显黑的脸，脸上只是一派的满足，神情十分悠闲。没有人去向母亲祝贺，我们——几岁的我和十几岁的姐姐，只是站在厨房门口会意地交换着眼色。我们实在不知道如何去表达对母亲生日的祝贺，我们不会，不似当今的孩子为大人祝贺生日，大人为孩子祝贺生日时，有那么多祝贺话要说，虽然那话是从一个什么地方模仿而来，说得极其"形式"和尴尬。那时的我们只知道这是母亲一个特殊的日子。这一天对于母亲来说，有别于三百六十五天的任何一天。她端出了大碗。

在平常的日子里，母亲是一个不显山水的人，她少言语，多劳作，担负着全家人衣食的运转：棉花由花朵变成布，再变成衣，粮食由谷粒变成面，再变成饭。那时我家人口众多，在一口"七印锅"里熬粥要添一篙水，下二升米，擀面条要用一支半丈长的擀面杖，把面团擀成几尺直径的大片，再切上百刀，切成条；全家人要穿衣需多少长短的布，要由多少针线来缝连，而每年到衣服被拆洗时，母亲还要把柴草灰淋成的灰水作洗涤剂，她的两只手在灰水里抓挠着衣物，手被泡得通红……具有一双"解放脚"的母亲从早到晚只是在家中行走着。于是院中的各个角落就会传出风箱声、织机声、刷锅声、叫鸡声、叫猪声、棒槌的捶布声，直到晚间的纺车声。母亲是没有时间和我们说话的。待到说话时，她不得不把内容压缩到最短。"走吧。"这是她催我上学了。"睡吧。"当然这是催我上床。"给。"那是她正把一点吃食交给我，或一块饼子或一块山药。也许正是因了母亲那简短的吩咐和呼喊，我们做子女的才心领神会，无条件地接受着、执行着。

我奶奶却是一位见过世面说话唠叨的人，她嫌母亲把饭食做得单调又少于和她交流，常常朝母亲没有人称地唠叨着："给你说事，也不知你记住没记住。也不知你明白不明白。你说就煎这两条鱼……"她是说我母亲煎的鱼不合她的口味。当然，鱼在我们那里是稀罕之稀罕，我娘不会做鱼，而我奶奶早年跟我那位在直系从军的祖父在南方居住过，对鱼情有独钟。逢这时，我母亲面对几条一拃长的小鱼就显得十分无奈，她不知在一口七印大锅里怎样去对待它们。家中小煎锅倒有，平时缺乏炉灶配合，只在春节时才立灶生火。

我父亲说话幽默，便过来"打圆场"，他对我奶奶说："娘，鱼这物件怎么做也是个鱼味。"

这时我奶奶的话会更稠。

……

鱼的风波总会过去。母亲迈起一双解放脚还是会把鱼送给奶奶，就像什么事也没有发生。她把几条在七印大锅里干焙过的小鱼送到奶奶眼前，奶奶面无表情地撕扯着它们，嚼着。各种琐碎的声音又会从各个角落升起。日子还在继续。

母亲又端出了她的大碗，"又是一年春草绿，依然十里杏花红"，每逢母亲生日，家中的一棵杏树正在开花。

有一年母亲没有端出她的大碗，那是1947年，北方农村大变革的年代，土地所有制要改革，社会各阶层要平均，富户就要遇到前所未有的命运转折。当然这要涉及我家。我家要将多余的土地、房屋匀出，懂得政治的父亲率先将多余的土地和房屋献了出来，但事情并没有结束，一个"深挖浮财"的运动又再继续。"浮财"指的是地上和地下的宝贝。挖浮财要拿家中的女人说事。这种女人被称作"富婆"。政策决定要把村中一班富婆按坐牢的形式集中起来坦白交代。我家的富婆当属奶奶了。一天，当持枪的民兵要带走奶奶时，母亲却站了出来，她对来人说："叫我吧。"她边说边向门外走去。于是替奶奶服刑的母亲便被集中到村中一家大牢似的大屋里。

那里集中着十几名"富婆"。富婆们是要吃饭的，各家的饭要由各家去送，这时奶奶才取代了母亲在家中的位置，以"二把刀"的手艺弄火做饭，送饭的任务则落到我的头上。现时，我已是一位被免职的落魄的儿童领袖，先前我是学校儿童团的"一把手"。

奶奶把稀薄的稀饭盛入一个瓦罐，我信手从碗橱上拿下一只中号黑碗，刚要出门。奶奶却把一只大碗递过来说："用大碗。"这是母亲的大碗，我后悔我为什么没有想到。

我低头走过大街去给母亲送饭，躲避着村人的眼光，不知不觉地想到一出戏里的唱词：天无势星斗昏，地无势草无根。君子无势大街上混，凤凰无势落鸡群。此时，我不自量地把自己比作落魄的君子和凤凰。

走到"牢"门，经过检查，我从"号"中喊出母亲，我看母亲在一个背静处吃饭。她把饭盛在她的大碗中，想了想说："你想出来的？"我说："是奶奶。"母亲的嘴在碗边上停歇片刻，呼呼喝起来。那饭很稀，先前我家做饭下米用两升，现在用半升。

母亲呼呼地，饥不择食地喝着。我看母亲少有的"吃相"，问："娘，你为什么在这儿？"

母亲想了想说："这要问你大哥。他懂这里边的事。"

我大哥是谁？是抗战开始投笔从戎，现正在晋东南一个地区领导这场运动。

后来十几年后，我见到大哥问他：土改非得那样搞吗？

他说："就得那样搞，那是革命一个阶段的需要。我在晋东南，也指示圈过人。"

这时大哥在中央一个专为制定农村政策的部门工作。

那次见面，大哥专门问了母亲的大碗。我说："大碗还在，那不是浮财。"

大哥笑笑，重复我的话说："那不是浮财。"

几年后，时局归于平静，我们这班投身革命的子女，有能力使母亲重新开始她的另一种生活了，争着抢着要把她从老家接出来。然而一个噩耗传来，她去世了，得了一种没有诊断清楚的胃肠道大出血病。父亲虽然是医生，也没有能够挽救她的生命。

我接父亲的电话由省城回家奔丧，原来为母亲奔丧的兄弟姐妹，只我一人，他们或因路途遥远，或身有重任。我的身份顺理成章地成了长子。出殡时长子要戴重孝，打幡，摔"老盆"。打幡、摔盆是葬礼中的重中之重。

老盆是一只红色瓦盆，盆中盛有粮食和柴草灰。出殡这天当棺木被抬出门抬上灵车之前，长孝子要跪在棺前朝着棺材将盆摔碎，给亡灵送"伙食"。

父亲决定母亲的丧事要按老规矩办，且办得红火热闹，鼓乐班、十八人抬的灵驾一应俱全。热情的乡亲（一位先前押送母亲的民兵）为母亲买来崭新的瓦盆。这时父亲却有了新意，他举出了母亲的大碗，把大碗交到我的手中说："摔它吧。"

我按照长孝子的规矩，痛哭着，跪在母亲的棺前，举着这"盆"朝着母亲的棺头，用力摔去，母亲的大碗被我摔得粉碎，我努力完成着父亲这个代表着全家人的心愿。可惜，奶奶已过世，奶奶若健在，我猜她也会有此动议的。她要用此举来补充婆媳间的那些小不愉快吧。

至今，我仍赞美父亲的举动，有了这举动才完美了母亲的丧事，也完美了母亲的一生，完美了一家人对这位女性的敬重。

几十年过去了，现在我从事着我的艺术事业，为研究民间的瓷绘艺术，我酷爱收集瓷片。为此我四处寻找、发现。还根据我对瓷绘艺术的知识，把瓷片编成系列。但，每当我摆弄起瓷片时，心中总有一种说不出的痛楚和遗憾。我的瓷片里却没有我母亲那只大碗的一星半点。

《视野》2016年第2期

评鉴与感悟 —— 一只大碗贯串了一个女人的一生，大碗的朴实无华，也正是母亲一生的写照。在只有母亲生日才用的大碗中，我们看到了一个普通家庭的人伦道德、东方美德；也看到了在那个特定年代中，人与人之间的淳朴真情。作者把大碗摔在母亲的棺头，是对一个年代的告别，也是对一个女人的告别，甚或是尊重。（左左）

母亲就是天堂

/蒋子龙

童年就是天堂，那是因为有母亲。

我儿时的冬季是真正的冰天雪地，没有被冰雪覆盖的土地被冻得裂开一道道很深的大口子。即使如此，农村的小子除去睡觉也很少待在屋里，整天在雪地里摸爬滚打。因此，棉靴头和袜子永远是湿漉漉的，手脚年年都冻得像胡萝卜，却仍然喜欢一边啃着冻得棒硬的胡萝卜一边在外面玩耍：撞拐、弹球、对汰……母亲为防备我直接用棉袄袖子抹鼻涕，却又不肯浪费布做两只套袖，就把旧线袜子筒缝在我的袄袖上，像两只毛烘烘的螃蟹爪，太难看了。这样一来，我抹鼻涕就成"官"的了，不必嘀嘀咕咕、偷偷摸摸，可以大大方方地随有随抹、左右开弓。半个冬天下来，我的两只袄袖便铮明瓦亮，像包着铁板一样光滑钢硬。一直要到过年的时候老娘才会给我摘掉两块铁板，终于能看见并享受到真实而柔软的两只棉袄袖子。

二月二"龙抬头"之后，大地开始泛绿，农村就活起来了。我最盼望的是榆树开花，枝头挂满一串串青白色的榆钱儿，清香、微甜，可生吃，可熬粥，母亲把榆钱掺到粮食面子里贴饽饽，无论怎么吃都是美味。农村的饭食天天老一套，母亲却总能换出花样，我一直认为一个人的饮食习惯是母亲的厨艺培养出来的。

当然，农村的孩子不能光是会吃，还要帮着家里干活，男孩子第一次下地，会有一种荣誉感，类似西方有些民族的"成人节"。我第一次被正式通知要像个大人一样下地干活，不是跟父亲和哥哥们，而是母亲。大概是五六岁的时候，提一个小板凳跟母亲到胡萝卜地间苗，母亲则挎一个竹篮，篮里放一罐清水，另一只手里提着马扎。我们家的胡萝卜种在一片玉米地的中间，方方正正有五亩地，绿茵茵，齐刷刷，长得像蓑草一样密实。我们间苗从地边上开始，母亲坐在马扎上一边给我做样子，一边讲解，先问我胡萝卜最大的有多粗，我举起自己的胳膊，说最粗的像我的拳头。母亲就说两颗苗之间至少要留出一个拳头的空当，空当要留得均匀，但不能太死板，间苗要拔小的留大的……

许多年以后我参军当了海军制图员，用针头在图板上点沙滩的时候，经常会想起母亲给我讲的间苗课，点沙滩就跟给胡萝卜间苗差不多，要像筛子眼儿一样点出规则的菱形。当时我最大的问题是坐不住屁股，新鲜劲一过就没有耐性了，一会儿蹲着，一会儿站起来，一会儿喝水，喝得肚子圆鼓鼓的又不停地撒尿……母亲后来降低条件，我可以不干活但不能乱跑，以免踏坏胡萝卜苗，于是就不停地给我讲故事，以吸引我坐在她身边，从天上的星星直讲到地上的狗熊……那真是个幸福的下午。自从我能下地野跑了，就很少跟母亲这样亲近了。

小时候我干得最多的活是打草，当我弯着腰，背着像草垛般的一筐嫩草，迎着辉煌的落日进村时，心里满足而又骄傲。乡亲们惊奇，羡慕，纷纷问我嫩草是从哪儿打来的，还有的会夸我"干活欺"！（沧州话就是不要命的意思）我不怎么搭腔，像个凯旋的英雄一样走进家门，通常都能得到母亲的奖励。这奖励一般分两种：一种是允许我拿个玉米饼子，用菜刀切开，抹上香油，再撒上细盐末。如果她老人家更高兴，还会给我二分钱，让我带上一个焦黄的大饼子到街里去喝豆腐脑。你看，又是吃……但现在想起那玉米饼子泡热豆腐脑，还香得不行。

令我真正感到自己长大了，家里人也开始把我当大人用，是在一次闹大水的时候。眼看庄稼就要熟了，突然大雨不停，大道成了河，地里的水也有半人深，倘若河堤再出毛病，一年的收获将顷刻间化为乌有。家里决定冒雨下地，往家里抢粮食，男女一齐出动，头上顶着大雨，脚下踩着齐腰深的水，把半熟的或已经成熟的玉米棒、高粱头和谷子穗等所有能抢到手的粮食，掰下来放进直径近两米的大笸箩。我在每个笸箩上都拴根绳子，将绳子的另一端系在自己腰上，浮着水一趟趟把粮食运回家。后来全身被水泡得像白萝卜，夜里我睡得像死人一样，母亲用细盐在我身上轻轻地搓……

至今我还喜欢游泳，大概就是在那个时候练的。

在我十三岁的那年母亲病重，我的欢乐的童年就结束了。我永远都不会忘记1954年的除夕，炕烧得很热，娘平躺在炕头上，身下铺着两层褥子，上面压着厚棉被，她却始终一动不动，似乎对分量已经失去感觉。

那张我极为熟悉又无比慈爱的脸，变得瘦削而陌生，双眼紧闭，呼吸时轻时重，只要娘的喘气一轻了，我就凑到她的耳根底下"娘呀娘的"喊一通，直喊得娘有了反应，或哼出一声，或重重地吐出一口气，或从眼角流出泪水。

娘一流泪我也就陪着一块哭……屋子里忽然像打闪一样，有光影晃了几下，我吓得一激灵，赶忙直起身子，发现是煤油灯的火苗在跳。

年三十的晚上禁忌很多，不能在床上咳嗽，不能隔着门缝说话，说话时不能带出不吉利的字句……我不知道灯芯跳跃是吉是凶，又不能乱问，便自作主张地跳下炕，从抽屉里翻出用过的旧课本，撕下封皮用剪子在中间掏个洞，然后套进煤油灯的葫芦状灯罩上，整间屋子随即就暗下来，灯芯跳不跳都不再晃眼了。

我重新爬上炕坐在娘身边，此时觉得外面很静，偶尔从远处传来零星的鞭炮声，父亲和两个哥哥不知在忙些什么，或许正为娘准备后事。今年过年对我们家不容易，既得准备好好地过，借着过大年冲喜，希望能把娘的病冲好；还得随时准备不过这个年，娘如果挺不过去，就得立即将过年改为治丧。每隔一阵子就有人轻手轻脚地进屋来，低声问问我娘怎样了。两个嫂子在西屋里包饺子，大家都尽量不弄出一点声响。

当时我不足十四岁，家里的大事没有我掺和的分儿，我正好可以静静地守护着娘。十几年来我无时无刻不受着娘的照料，无法想象也不敢想象，娘若真的走了我将怎么办？我是娘的老儿子，可想而知娘对我有多么的疼爱，在这个三十晚上我把娘的恩情，以及我以前闯祸惹娘生气的事都记起来了……思前想后的结果是无论如何我都得把娘留住。

家里人从近到远，为娘请过好几位大夫，各种药汤子不知让娘喝了多少，却都不见起色。年前我从大人们的话语里和脸上已经觉察出来，娘的病恐怕难以治好了，用娘的话说他们都已成家立业，只丢下我是未成年人。在这个为娘守岁的除夕夜，我暗下决心要治好娘的病，独自创造奇迹。

我不知是从书里读到的，还是听见大人们讲的，每到大年三十的晚上，各方的神佛大仙都会下界，在人间行走，为人类解大难救大急。谁如果在除夕夜半，能爬过一百个菜畦，无论提什么要求，神们都会给予满足。那么爬一百个菜畦有什么难的吗？在白天干这件事很容易，到除夕夜可就大不一样，这时候天地间所有的孤魂野鬼，屈死的、冤死的、饿死的、吊死的都会出来找替身，菜畦就成了他们的聚会之地，一百个菜畦就如同十八层地狱，里面趴满断胳膊少腿的，缺脑袋短腔子的，开膛破肚的……还有各样的妖魔鬼怪掺杂其中，鬼哭狼嚎，狰狞可怖，爬畦的人能不被吓死就算命大，再能爬完一百个，那真是福大命大，自会有求必应。我决心要为娘爬这一百个菜畦，白天在北洼已经看好了一片菜畦，数了数，一百个只多不少。

等到半夜，家家开始放鞭炮、煮饺子，我趁乱出了门，向着北洼一溜小跑，一出村子立刻像踏进了阴曹地府。想不到三十晚上的村里村外竟像阴阳两极，鞭炮声中的村子还有人气，一出村子就充满鬼气，阴森森的北洼野地如鬼府一般令人毛骨悚然，直觉得自己的头发突然都竖起来了，头皮一阵紧一阵麻，浑身像筛糠一样找到了白天选好的菜畦，闭上眼就拼命往前爬。

由于不敢睁眼，有什么样的妖魔鬼怪倒没看见，但听到了凄厉刺耳的怪叫声，还感觉有东西在抓挠我的胳膊，拉扯我的腿脚……我懵头涨脑、惊惊吓吓地一通叽里咕噜、屁滚尿流，爬到畦头大喊两声："我要俺娘！我要俺娘！"然后撒脚就往家跑。

我跑回家一头就扎到炕上了，贴着身子的衣服全湿透了，不知是汗，还是尿。我连除夕夜的饺子也没吃，整躺了两天才缓过神来，却并没有治好娘的病，来年一开春娘就去了。

幸福的童年稍纵即逝，就像一只小鸟飞向远方时，留下的只是一些梦幻的影子。

　　母亲去了天堂，母亲就是天堂。

《中国文化报》2015年11月13日

评鉴与感悟——
　　母亲就是天堂，情真意切，童年时代因为有了母亲，便使得整个童年充满了别样的情趣，温暖而又难忘。在母亲病重之时，"我"一直陪伴在她身旁，就如整个童年，她一直陪伴在"我"身旁一样。看到作者忍着惧怕爬过一百个漆黑的菜畦，去救病危中的母亲时，泪水会不自然地流下来。春天来了，母亲走了，天堂好温暖。（左左）

落在父亲生命中的雪

/熊荟蓉

"落在一个人一生中的雪，我们不能全部看见。每个人都在自己的生命中，孤独地过冬……"

这是新疆作家刘亮程在《寒风吹彻》里的一段话。父亲节来临之际，它催生了我潜藏的泪水，将我带进那久远的艰难岁月，也让我分外清晰地看到了那些落在父亲生命中的雪。

查出心脏病和高血压时，父亲才三十出头，我刚上初中。那时候的秋天好像特别冷，9月一开学就需穿上夹衣了。我每周都要穿过四五里长的田间小路回家，带一罐头瓶腌菜和五毛零花钱返校。

开学不久后的一个周末，我回到家，意外听到母亲边哭泣边说："你这病要长期吃药，又不能负重，卖棉花的白条不晓得哪天能兑现，我看就让蓉儿去学裁缝吧。湾子里就她一个姑娘在读书了……"

父亲的声音干脆利落："蓉儿聪明，是读书的料。这话以后不要再提。我这病一时半会儿也不会要命，咱们悠着点，日子能过得去的……"

我装作什么也没有听见，径去厢房找饭吃，只是后来在返校时，拒绝接受父亲递过来的五毛钱。父亲没有勉强，他默默推出自行车，送我上学。

乡间土路，逼仄坑洼，一边是水沟，一边是田地。自行车买回家才半年，父亲车技不佳。我在车后座上摇晃，提心吊胆。

过谭湖段时，猛一阵颠簸，父亲和我连人带车翻到田里。我只是被稻草扎了一下，并无大碍。父亲却歪在车下，挣不起身子来。

在我的帮助下，父亲才重新站起来。他拍拍身上的泥土，有些尴尬地笑了笑，随即提出要我坐在车上，他继续推车行进。

我说，学校快到了，你先回去吧。他没有坚持，叮嘱我好好念书，就调转车头。

绚烂的夕阳余晖中，他摇晃在自行车上的黑瘦的背影，显得那么单薄而苍凉。我不忍看第二眼，铆足劲儿朝学校奔跑。

回到学校，在书包的夹层里，我发现了被刻意藏着的五毛钱。每周的这五毛钱，是用来补充维生素的。

那时候，我们是自己淘米，用铝盒煮饭吃。下饭的菜，就是从家里带来的酱萝卜、洋姜、霉干菜之类。条件好点的学生，可能会带些榨菜炒肉、干鱼什么的。父亲说光吃腌菜不行，要我打点青菜，补充维生素。

五分钱一个的青菜，我本来就舍不得买，这时更不会了。我的零用钱都花在买纸笔和蜡烛上。晚自习下课后，教室就停电了。还想学习，就只能点蜡烛。一支蜡烛八分钱，能点两个晚上。

直到现在，我都记得蜡烛那淡淡的熏香味，记得镜子里那黑黢黢的鼻孔，记得考了好名次后老师那高分贝的表扬声，记得同学们羡慕和嫉妒的眼神。

说到底，那时我更沉浸于小我的感受，并深以自己的刻苦努力为荣。当我朝着自己的目标坚定奋斗的时候，我看不到落在父亲身上的雪，那沉甸甸的雪。

又一个周末回家，见到一脸苦相的大舅正在堂屋里跟父亲说着什么，之后，父亲踅回房里拿出一张条子交给他："这是150块，你先对付一下。以后，再不要赌了……"

大舅走后，母亲嘟哝开来："我们的日子都愁得没有法子，你倒是会做好人，给他钱，丢到无底洞里……"

父亲沉下脸来说："你忍心看着你兄弟被别人下胳膊下腿吗？他求到我们这里了，总不能让他空着手回去。"

然而，父亲的不忍，终是将自己拖进了更深的冬天。那时候，除了田地的收入，我家再没有其他来钱的途径。家里意外支出的这150元钱，只能通过精打细算、节衣缩食来弥补了。

那一个秋冬，我们连红薯和甘蔗都没有吃足，更不用谈鸡蛋和面饼了。所有能换钱的东西，都被父亲打进了算盘。

红薯和甘蔗都择优下了窖，留待正月里卖钱。芋环、慈姑各留了两碗，用来招待拜年的客人。花生就炒了一筛子，过年塞了一下牙缝。元宵节，我们甚至连蒸肉都没吃一片。就是这样，我还是听到父亲对母亲说："我们只有90块钱了。"

记忆中，每年的元宵节晚上，父亲都要跟母亲交家底。在20世纪80年代初期，我们姐弟每学期的学费就得二三十元，还有种子、农药、化肥，以及三亲六眷的红白礼金，都是逃不脱的开支。我不晓得父亲是怎么用这90元让全家渡过难关的。

有一点可以肯定，父亲没有向别人借钱。

父亲外表瘦弱，骨子里却硬气得很。他一生都没有向任何人借过一分钱。家里造了两栋房子，都是把材料和钱攒齐了才开工。对家庭事务，他长计划短安排，从不打无准备之仗。后来，即使因病下了辞世的决心，他也是把自己的丧葬费用凑够了才离开。

父亲总是说："节省要从坛子口开始。"意思是等一坛子米快吃完了，再节省就没有用了。所以，我们吃过麦米粥、杂粮焖饭、高粱粑子，但我们家的大米缸从未空过。我们穿过补丁缀补丁的衣裤，但我们在冬天从未挨冻过。

我们生命的每一抹暖阳，每一缕清光，其实都是父亲用孤独的雪擦亮的。现在，当我为了给儿子买房，而甘愿长年累月地匍耕匍匐（在格子里），每天忍受十几个小时的煎熬时，我总是想起父亲，想起他为我们所默默承受的苦，那些不曾诉说的累，那些悄悄化掉的冰……

父亲，一直都在自己的生命里，孤独地过冬。落在他一生中的雪，今天，终于被我看见。

《读者》2016年第17期

无法抑制溢出眼眶的泪水，这情感的自然流露，就像清澈的小溪哗哗地流过。落在父亲生命中的雪，是苦难，也是灯光，每个父亲都有一段不为人知的历程，在人世的一隅独自前行，但那雪却泛着亮光，照亮了无数孩子前行的道路，是隐忍，是担当，是勇气，是做人的品质。（左左）

母亲就是一朵花

/侯建臣

那场风一吹，母亲就说春天来了。

那场风一吹，母亲就说春天来了。

母亲没有抬头，母亲的身边没有人，母亲是在自言自语。

确实是，那是春天的第一场风。尽管天气还很凉，可是，母亲真是知道春天来了，她似乎还听到了什么地方有一种只有春天才会出现的鸟的叫声。

母亲是在村子的周围捡树枝，冬天里总会有树枝从树上掉下来，一枝儿一枝儿的，经过了寒冷的风，都已经干枯了。母亲轻轻地捡着，像是把被季节丢在外边的什么东西捡回家。干树枝们，在没有树荫的地上躺着，一动不动，等待了很久的样子。母亲一弯腰，它们就到了母亲的手里，不像是母亲把它们捡起来的，而是它们一下子蹦到了母亲手里。

院子很简陋，当春天到来的时候，母亲看着院子上面的一片天空，理一理花白的头发，知道该做春天的事情了。

母亲把捡回来的干树枝一根一根慢慢地插在院子的那片空地上。不久以后，所有的干树枝都立起来了，而且还是手拉着手。原来，它们急切地要跟着母亲一起来做一个关于乡村的魔术。

那是一堵不算精致的树枝墙，风可以进去，蝴蝶和蜜蜂可以进去，母亲只是用它来挡住外边的鸡和猪。

母亲的魔术离不开铁锹，她把干硬的土地一下一下地挖开，露出湿湿的泥土。她首先让那块地变得松软起来，不是仅仅的松软，而是暄。母亲喜欢蒸一种饼子，当她揭开笼甄，已经蒸熟的饼子就是那样暄腾腾的。在土地里浇上水，用小铲子铲几个小坑，一个接一个，然后从一个小瓶子里倒出什么来，一个一个地点进去。

风呢，慢慢地变得柔和起来。阳光呢，也慢慢地变得暖和起来。

什么时候呢？一只爬虫就爬在干树枝上了，接着是又一只。它们是不是最早的观众呢？或许呢，它们真的是最早赶来看母亲的魔术的观众。

母亲的道具还有那根长长的水管，她把长长的水管从井边拉过来，朝着那块地一直浇，前后要浇好几次。母亲不会让一个地方浇得太浓，她总是匀匀地让水落在每一个地方。母亲浇着，脸上露出浅浅的笑来。母亲总是听到了地下的什么声音，是一群孩子的笑声，还是有谁在窃窃私语？母亲听到了，但是母亲不说。她是要让这魔术变得神秘着吧？

那第一只、第二只……那随后而来的好多只爬虫们，似乎等得有些急了，有一只竟然抖了抖身子抖出了一双翅膀，它似乎是要飞走了。可是它在脚还没有离开树枝的时候，却"呀"地张开了大嘴，它们也是张开了大嘴。它们看到了地里努出来的什么东西，它们真是看到了什么东西，像是两个小角儿，又像是那个表示胜利的手势。接二连三地，好多那样的东西钻出来了，它们似乎就是母亲铺着的那块变魔术的布上突然出现的诸如小皮球之类的东西……

那当然不是皮球，那是一些绿绿的苗们，好多年了它们一直扮演着母亲的道具。周围的老房子知道，那棵老榆树也知道，但它不说，它们也像第一次看母亲的表演一样，认真地看着。肯定是一转眼的事，肯定是那些观众们还没有看清母亲用了什么手法，那些小苗就长大了，就多出了一片两片三片四片叶子，就多出了一条两条三条四条的杈来。

这当然都是过渡，每一个玩魔术的人，总是要把一个魔术的过程不断地渲染，不断地推进，在他们做着什么的时候，突然高潮就来了。

观众已不仅仅是那些小爬虫们，还有蝴蝶，还有蜜蜂，似乎还有一只小老鼠，也睁着大大的眼睛在一个小洞里专注地看着。它是想把母亲的魔术看破，它不是唯一一个想把母亲的魔术看破的。

是哪一个动作？是哪一阵子？莫非大家的眼睛在同一个时间都眨了一下？突然之间，园子里开出了花，不是一种花，而是许多种，有朝阳花，有南瓜花，有芍药花，似乎呢，还有豆角花。"呀……"都叫了一声，连风也叫了一声。风不是钻到母亲的手底下了吗？以为它知道了什么，却原来和其他观众一样，一下子惊呆了。

什么时候？母亲也没有了。真的不见母亲了，莫非母亲把自己也变没了？可是——可是园子里不是多了一朵花吗？母亲不就是那多出的一朵花吗？看看，再看看，那花露出的笑不是母亲的笑吗？那花上的叶片不是母亲花白的头发吗？

真的是，母亲不是把自己变没了，母亲原来一直就是一朵花啊！

《小品文选刊》2016年第7期

评鉴与感悟

这是一篇令人惊讶和感动的作品，你会慢慢地进入到母亲的魔术世界里，你已经忘记了母亲的存在。母亲把勤劳的一生融入到大自然中，她的辛劳和汗水在作者的笔下变得熠熠生辉，你确信那劳动是令人敬重的，是令人惊艳的，因为母亲是自然界中最美的花。（左左）

从天而降的母亲

/韩浩月

习惯了和母亲告别，每一次，我们母子二人分开时，谁也不回头再看一眼。我也不是刻意狠起心肠，只是习惯了告别。

许多年以前，我一直有个问题想要问她："你为什么要离开我们？"这个问题在我30岁之后，就再没有任何想问的念头了。小时候不懂大人的世界什么样，等自己成了大人，那些小小的问题，还需要再问吗？

童年时刻骨的伤痕，有一部分来自母亲。有一次需要交学费，我在一个水塘边跟她要钱，不敢看她，仿佛自己在做一件错事。她说"没有"，我一直盯着那片池塘里绿色的水纹，觉得世界坍塌，时间停止，万念俱灰。

母亲走了又回，回了又走，每次回来的时候，都说不会再走了，她在院子里看着我的眼睛说："这一次我不会再走了。"我在心里欢呼雀跃，表情却平淡，最多说一个"好"字。她第三次从她改嫁的那户人家回来的时候，被挡在了紧锁的门外。那天下了大雨，她跪在满是泥水的地上哭。

以为她不会再离开我们，但几个月之后，她又无声无息地消失了。我从此不再相信她，但也知道，她有自己的苦衷——一个失去了丈夫的女人，在一个不但贫穷而且不讲理的大家庭里，想要有尊严地活，是多么艰难的事。

我以为自己是恨过她的，但根本就没有。对别人都不会有，何况对

72

她。在我那奇怪的童年，脑海里被混沌与奇思异想充斥着，没有恨意成长的空间。当然也没有爱，不知道爱是什么样子，什么味道，活得像棵植物。

在我漫长的少年时代，与母亲再无联系。10多年的时间，她音讯皆无。她是怎么过的？我不知道。中学时，有同学问到我父亲、母亲，我通常选择不回答，如果非要回答的话，我就会淡淡地说一句："都不在了。"那时我和母亲居住的地方相隔30多公里，但这段路程，足以用空茫来形容，我和她之间，大雾弥漫，我不找她，她也不找我。

我盼望母亲突然来看我，像小说或电影里描述的那样——她穿着朴素的衣服，带着吃的，敲开教室的门，而我在同学的注视下羞惭地走出去，接过她带来的食物，再轻声地赶她走。我在脑海里重复过无数次这样的场景，每逢有别的家长敲门的时候，我总觉得会是她。

直到我20岁那年，在县城里，我和一个女孩谈恋爱了。母亲仿佛专为此事而来，她笑着问我想要什么礼物，在得到我的答案之后，她给我买了一辆昂贵的变速自行车。那段时间，我经常骑着那辆自行车在街道上飞奔，经常把那辆自行车擦得锃亮，经常觉得自己是一个富有的人。

慢慢地，我明白了母亲并不是一点儿也没关注过我。每年我去她住的那个村庄给我父亲上坟的时候，她都会躲得远远的，在某一个角落里看我一眼。而我不知道她在那里，或者，就算知道，也装作不知道。

23岁那年，我结婚。有人问我愿不愿意让我妈妈过来。"让啊，当然让。"那时候已经有了一些家庭话语权的我，开始做一些关于自己的决定：儿子结婚，母亲怎么可以不在场？

那是我第一次觉得母亲像个慌里慌张的孩子。她包着头巾，衣着俭朴，略显苍老。我喉咙干涩地喊了声许久没喊过的"娘"，妻子则按城里人的叫法喊了声"妈"。母亲显得紧张又扭捏，想答应，但最终那声"哎"没能完整地说出来。

婚礼前一晚的家宴，一大家子几十口人，在院子里、大门外的宴席上，吃得热闹非凡。母亲怎么也不肯上桌，任凭几个婶子死拉硬扯，她还是坚持等大家吃完了，在收拾的时候，躲在厨房里随便吃几口。婚礼那天拜堂，司仪在喊"二拜高堂"的时候，却找不到母亲了。

客人散去，三婶告诉我母亲在楼上哭。我上楼去看她，她立刻停止了哭泣，像个没事人一样。那一刻我意识到，这么多年，她仿佛从没关心过我，我也从未关心过她，这么多年的时光，我们都是怎么过来的？

妻子跟我说："有你妈在真好，别让她走了。"我说："好。"但在母亲面前，我怎么也说不出口。

25岁那年，我拖家带口漂到北京，妻子背着我给母亲打电话，说让她帮忙带几个月孩子，还承诺，只要她把孙子带大，以后就一定会像对待亲妈那样，对她好，为她养老。母亲来了，我们一家人终于有了真正意义上的一次团聚。

那段日子很苦，母亲跟着我们在暂住的村子里搬来搬去，但是大家都很开心。母亲教育孩子还是用农村的那套老办法，把她不到一岁的孙子宠得不像话。我常奚落她："别把我儿子宠坏了！"

"小男孩哪有不调皮的？越调皮越聪明。"母亲总是坚持己见。

儿子学会了叫爸爸、拍手、再见、飞吻等，自然叫得最熟练、最亲切的是"奶奶"。每到此时，她都异常高兴，我从来没见她这么开心过。她有很多民谣，如："宝宝要睡觉喽，奶奶要筛稻喽。"几乎每一首都和奶奶有关。

有一次妻子略带讽刺地跟我说："瞧你，在你妈面前还撒娇呢。""有吗？""有。""不可能。""真的有，别不承认。"我仔细回想了以后，还是不承认有。也许只是觉得生活有趣，显得过于乐观了一点而已。

这次是真的以为母亲会永远陪着我们了，但又一次的分别摆在面前——母亲在她的村庄还有一个女儿需要照顾。要走的前几天，她一遍遍和孙子玩"再见"的游戏。等到孙子睡着的时候，她一句话不说，沉思着，一会儿想想，一会儿笑笑，在我看来，她又成了一个陌生的母亲。

母亲坐上出租车，脸上恢复了那种严肃的表情。她不看我，话也不多，无非是说少和媳妇吵架，少喝酒，多带儿子玩之类的。我尽量表现出无所谓的样子。这是一位从天而降的母亲，也是一个身不由己的母亲，我已没法，也不能再要求她什么。

又是漫长的十几年过去。时间过得太快，我忙着生活，忙着追名逐利。每年能够见到母亲，就是春节期间。我带着两个孩子，按惯例去给他们的爷爷上坟。母亲会过来，在堂弟家门口，看看她的孙子和孙女。当年她带过一段时间的孙子，如今已长成一个1.75米的大块头。在那短暂的半个多小时里，妻子、孩子与我的母亲，像任何一个普通的家庭那样，平静又愉快地说着话，笑着，拍打肩膀，拥抱，再不舍地告别。我在远一些的地方看着，并不凑上前去。我还是不知道该和母亲说点什么，也许什么都不用说了吧。

最后一次见到母亲，是从乡村回县城的时候，母亲与我们同行。我开车开得有些快，母亲晕车，半路的时候不得不停下来。母亲蹲在路边呕吐，我在司机位上透过窗户看到母亲痛苦的样子，内心翻江倒海，那个久远的问题又飘回了心头：母亲，为何我们会成为现在这个样子？

我下车来到母亲背后，默默地给她捶着背，开始无声地流泪。

《中国青年报》2015年8月4日

评鉴与感悟 —— 一段令人心酸的往事，母亲总是和"我"若即若离，但每当"我"遇到艰难或关键时刻，她就会出现在"我"的面前，给"我"孤寂的内心带来些许安慰。叫一声母亲，为什么我们要这样度过一生？（左左）

姑　佛

/乔忠延

坦白地说，我不是一个好孩子。何止不好，还顽皮到恶劣的地步。如果用乡村人们"三岁看大，七岁看老"理论预测，我必然是一匹害群之马。

然而，我坦率地告诉你，我不是个好孩子，却没有沦为害群之马，还是个心肠不错的成年人。我在弱冠前后便已洗心革面，用悲悯情怀替代了为所欲为。毫不惭愧地说，至今坏沾不了我的边，好离不开我的身。

这坏与好的转变，肯定需要一定的机缘。若是以佛教用语来说，需要佛来度化。确实有佛度化我，不过那佛不在寺庙，就在我的身边。我的大姑就是度化我的那尊佛。

将大姑比作佛，你可能会认为她聪明过人。因为大慈大悲的佛要度化众生，必然眼观六路耳听八方。不聪明行吗？显然不行。要聪明，还要聪明过人。可是说来实在沮丧，大姑不仅不聪明，还不无痴呆。用时下的流行词说，是弱智。可就是这弱智的大姑度化了我，把我从泥沼里救拔出来，送上了人间正道。

剃度

上小学没多少日子，同学们送了我一个外号：骄傲。现在回味，这个外号送得恰如其分。一年级的课本对我来说太容易了，许多同学十分为难的生字，我早已收入囊中。那时候，村里开展扫盲运动，教农民学文化，还发了《识字课本》。我们家有一本，时常妈妈去民校上课，我便跟随在屁股后面钻进教室。老师讲的那些生字，不知不觉进入我的记忆。到了我的课堂上，老师写一个是熟字，再写一个还是熟字。老师图省事，干脆就让我带领同学们读．带领同学们写。我简直成了个小老师，要是有条尾巴，真能翘到天上。再后来开始写作文，爸爸喜欢读书，家里到处都是，我随手拿起就能读。读来读去，脑子里装了不少东西，往作文本上一倒腾，篇篇老师都夸好。不是当堂讲读，就是课后传阅，这会儿莫说尾巴翘到天上，似乎自个儿猛然一跳，就能把星星摘到手里。

如此，哪能不骄傲？骄傲，就会狂妄。我狂妄地看不起同学们，说这个是木头，那个是笨蛋，直言不讳地嘲笑、戏弄那些学习慢半拍的同学。我不只戏弄同学，即使有缺陷的大人，竟然也敢嘲弄。村头满脸麻子，说话强横，人见人怕，我当然也怕。怕是当面怕，暗里不怕，我还编出个顺口溜戏谑他：

碰见一十人，
长得还不错，
就是脸上有些小圪窝。
大的像海洋，
小的像筐箩，
最小最小的也像个烟袋锅。

说来很怪，别看我那同学背课文脑子里滴水难进，可装这顺口溜机敏得很，张嘴就会。没几天，村胡同里只要有村头的背影，就会响起这戏谑的叫嚷声和得意的笑闹声。

我的才能发挥得淋漓尽致，我的劣迹在村里无所不至。

可是，我突然刹车了，哑口了，成天低垂着头很少吱声。

让我突然哑口的是一阵哭声，那是大姑的哭声。憨傻的大姑疯了，在家里待不住，四处乱跑，还要边跑边哭，跑着哭着，就到了我们学校。坐在课堂上，我听见了一阵哭声，哭得我心里揪得发疼，我替大姑难受，也为大姑羞怯，盼她哭一阵快走，不要待在校门口。偏偏她就是不走，待到下课同学们指指点点，连声嚷叫。

大姑哭："我好苦呀——"

同学们嚷：苦就别活了，嘻嘻！

大姑哭："我好难活呀——"

同学们嚷：嘿嘿，难活就死去吧！

我先是羞怯，再是恼怒，冲着嚷叫的同学叫嚷："你们倒死去！"

没人还口，却齐声大呼小叫，那声音尖厉得能刺穿我的耳膜，炸碎我的脑壳。

我喊嚷，喊嚷得声嘶力竭，可在众多的声浪中我的声音微弱得像是蚊子在叫。我无法庇护大姑，只好上前扶起她，拽住她，拉拉扯扯把她往家里送，我姑侄俩缓慢地蠕动，后面的喊闹不绝于耳，竟有人追赶着叫嚷："死去吧，咋还不死！"每一声都刺疼我的心，从心底流出的血模糊了我的双眼。

自那天起，我便陷入深深的自卑。大姑成为我的软肋，我在村巷，在学校，时不时就会听见背后传来"我不活了"的哭声，那是冲着我的恶作剧，是对我骄傲盛气的嘲弄和反击。

在这反击里，我一败涂地，再也不敢趾高气扬，再也不敢取笑他人，龟缩着悄悄读书，悄悄学习。

大姑，剃度了我，适时剃度了我蓬爹的傲气。

戒度

大姑疯了没有多久，社会也疯了。大姑疯了，不过乱哭乱跑，无碍别人安居乐业；社会疯了，不只狂喊乱叫，还乱打乱闹，搅得众生无法安居乐业，自然这是过后的理智评判，深陷其中的人不仅毫无觉察，还狂热地认为这是革命创举。我就在这波澜里旋荡得头脑昏聩，难辨是非。本来因为爷爷逃窜到台湾，红卫兵把我拒之门外不说，还将我辱为狗崽子。我应该在革命的巨浪之外，向隅而泣。可是，没过多久我被招安了，这是缘于我笔下的文字能成为革命鼓劲的号角。

我成为总司令部的一员，用钢笔为革命摇旗呐喊。呐喊的词句多有剽窃之嫌，要么来自伟人语录诗词，要么来自鲁迅杂文华章。好在那时风行小报抄大报，大报抄"梁效"，没有著作权之说。冠冕堂皇地说，我是激扬文字。说不好听点，我是攻击对方，抓住一点不及其余，往死里贬低，当然还要炫耀我方无上正义。正义的标准就是捍卫无产阶级铁打的江山，明面上是打倒走资本主义的当权派，实际上是要把对立的那派打倒在地再踏上一只脚。起初我们是在嘴上、纸上攻讦，这是文斗。没多时文斗不过瘾了，弹弓开始流行；没多时弹弓不过瘾了，亮晃晃的戈矛代替了弹弓；没多时戈矛不过瘾了，枪炮就代替了戈矛。鏖战正激，鏖战正酣，我每日都要有最新文章问世，为前线的战友送上鏖战的精神枪弹。

可就在这关头，大姑走失了，我不得不赶回家去。好个大姑，早不走失，晚不走失，偏偏就在这革命的要紧关头来了个踪影全无。往日她不过在村巷里乱窜，窜一窜肚子饿了，就会回家。而这次早饭、午饭不见人影，天色乌黑不见回还。我到家时，奶奶急得团团转。爸爸是个小学校长，早被视为当权派看管起来。奶奶见我，眼睛里的亮光胜过去寺庙给菩萨敬香。看她一眼，我止不住心头发颤，我知道找不见大姑，是不能返回革命前线了。革命不如救命。我不革命，有人革命。我不救命，没人去寻找一个反革命的疯癫女儿。因为爷爷败退台湾，父亲和大姑颇受牵连。我赶紧发挥我的强项，奋笔疾书，写了好几张寻人启事，然后边张贴边打听，跑遍了四乡八村。

跑是跑遍了，却杳无音讯。

已经五天了，奶奶流着泪说，死了，这女子死了。

死了，能死在哪儿？

奶奶说，河里，井里。

可能。我们村里井多村外河多，那就捞。找来长长的竹竿，绑上弯弯的铁钩，捞！捞完了水井，没有，赶到河边去捞。从上游挨着往下捞，一个湾，一个湾，一直捞到滔滔的汾河。无法捞了，即使大姑栽在里面也无法捞到。看着波浪滚滚的河水，我无望地流泪，一个人悲愤地哭喊：

大姑啊，你到底在哪里？

不闻大姑回答声，只闻汾河流水鸣溅溅，揪心啊！

那一天，乌云低沉日头无光。我握着竹竿的双手酸软地松开，浑身疲累，跌倒在地。无望的泪水肆意涌流，也减不轻胸腔的憋闷。不知过了多时，忽然耳边有了簌簌响动，睁开眼身边站着一位放羊的老汉。他是听见哭喊声，怕我要寻短见跑过来的，问清缘由，他竟然告我，早上出门时回娘家的闺女说，有个披头散发的疯子在他们村里乱窜。啊，那不是我的大姑还能是谁？

我撒腿就跑，跑远了回望老汉一眼，忽然想起连声感谢的话也没有对他老人家说。跑啊跑，一气跑进村里；问啊问，拐弯抹角地打听。终于在一个麦场边上，看见了大姑摇晃的身影。疾步上前，只见大姑枯黄的脸上污垢斑斑，披散的长发挂着柴草。我叫一声大姑。她停下脚步，回头看见了我，长哭一声，瘫在地上。我扶她，扶不起，肯定是饿坏了。已经五天了，谁会给她吃的？可我也饿，急匆匆赶来，没有带吃的东西。

只有讨吃了，不能迟疑。瞬间我把自己降到了最为卑贱的地步敲响了离场院最近的一家木门，怎么讨要的，施舍那个玉米面窝头的大娘是何长相，我模糊着泪眼没有看清。只记得拿了个窝头，还端了一碗热水。大姑吃了半个，剩下的半个是我吃的。吃过了，我背起大姑一步一步往回走。

十多里路，走走歇歇，歇歇走走，走到家时，四野乌黑，屋里点起了灯。奶奶的身影映在窗纸上，在院里就听见她独说独念：

"毕了，这女子死定了，饿也饿死了。"

我赶紧叫一声奶奶，推门进去。奶奶一怔，搂住大姑喊一声"我那憨女子"，就泣不成声。大姑不哭，嘿嘿直笑，笑得我更是泪水直流……

大姑找回来，救命的事情告捷，我该重返革命前线了。可是，城里枪声不断，炮声隆隆，不时有死人的消息传来，我惶惑不安。这一天夜里，一声巨响，震得房顶簌簌落土，从梦中惊醒，我心跳不止。天亮后传来消息，我们那个司令部的楼房被炸，好几个"战友"英年早逝。我再也打不起心劲进城，沦为了逍遥派。我的肢体没有化为尘灰，也没有因鏖战伤害他人，而成为另一种牺牲。

大姑，戒度了我，在武斗混战的危急关头戒度了我。

超度

社会的疯狂稍加收敛，尘埃还没有完全落定，我的身份发生了小小的改变。后来看，这个小小的改变将是我另一种生活的起点。我由最底层的平民跻身于权力部门，进入当时的人民公社。小小公社本来没啥值得挂齿，人们喜欢将县级最高官员说成七品芝麻官。受县级辖制的公社诚如当下的乡镇，只能称作九品沙粒官。何况我只是个九品官可以随意指拨的小听差。然而怪异的时局给了权力特异的功能。我刚刚还微如草芥，看村头的脸色行事，一跨入那个门槛转眼间身价看涨，村头竟然看我的脸色行事，我要看的脸色是头顶上的几个人，要看我脸色的是门槛之外的村里人。一个门槛很可能就是我生命的界线，要么我仍与门槛之外的百姓同命相怜，要么我指天画地，呵神斥鬼，成为权贵手里的一把杀手铜。所幸我没有，不仅当时没有，即便后来进入更高的权力层面，也仍如先前，保持着凡如草芥的心态和做派。思考其中的原因，还是大姑超度了我。

那一年，我走进公社，权力的蜜汁刚润到舌尖，大姑便走到了生命的终点。闻知，我匆匆来到她的炕沿，她紧闭双眼，气息微弱，已经没有一丝动弹的力气。奇怪的是，我一唤她居然睁开了眼，而且神志清醒，似乎从未痴呆。她目光不看我，直瞥窗台。窗台边木讷地坐着大姑的女儿，我的表妹，她和大姑一样痴呆。我看出来了，大姑那是割舍不下自己的女儿。我赶紧说，往后我照顾妹妹。大姑像是要笑，费劲地咧咧嘴角，却没能露出笑容，闭住了强睁开的眼睛。

这一闭眼，大姑再也无法看到她生活过的这个世界。

大姑的丧事很简单，简单得堪称寒酸。随死随埋，省事省钱，闭目当天就抬到了坟地。棺木落坑，就要覆土，按照常规孝子应该放声大哭，大姑无儿子，要由女儿充当这角色。可是，表妹不哭，总管呵斥，她也不哭，反而，嘿嘿嬉笑。众人无奈，飞锹铲土，不一会儿就垒起坟堆，覆土的人拍打拍打衣服就要回返，突然表妹扑倒在坟头失声痛哭，哭得简直能把心肝五脏倒腾出来，哭得邻人止住脚步，一个个抹泪叹息。

那一刻，大姑的眼神在我的泪光里闪闪不息，闪得我自觉身心沉重，肩上多了一副担子，多了痴呆的表妹。我咬紧嘴唇默念，我有一口汤喝，就不能饿着她；我有一件衣服披，就不能冻着她。就这样，在缺吃少穿的岁月里，我们全家相携着表妹一天天长大，直至出嫁。出嫁后我也时常前去，时常接济，表妹的日子还算过得去。

然而，好景不长，表妹夫去世了。秋雨霏霏，我走进了表妹的住房，立时心生愧疚。往日天晴，我无数次来往毫不留意。这天房屋的瓦缝里不住漏下雨水，墙壁上流的是，头顶上滴的是，滴滴答答敲击着接水的瓶瓶罐罐。这简直就是现代版的《茅屋为秋风所破歌》！我立即感到了少有的痛心，痛心自己粗疏，让表妹蜗居于危房，与死神同眠。倘要是死神睁开眼，那后果不堪设想。办过丧事，我彻夜难眠，辗转自责，愧对大姑。大姑直瞥窗台的眼神像是利刃裁割我的心。那咧咧嘴没有笑出来的笑容，则成了对我莫大的讽刺。这些年无数次赈灾，无数次捐款，无数次兴学，无数次捐款。甚而，家乡修路建桥，也解囊，也相助，难道就是为了把名字写在红纸上，刻在碑石上？没有去想沽名钓誉，却在践行沽名钓誉。突然醒悟，尽仁行善，绝不只是大难临头时的慨然义举，而应像春风化雨，日日时时，点点滴滴。

这一年，给表妹建房，成为我们家的头等大事。建房耗资耗力，我一人力所不及，就举全家之力，举亲族之力。秋色未尽，表妹迁入新居，我沉郁的歉疚才稍稍减轻。

时光匆匆，四十多年过去，大姑辞世前的眼神始终度化着我。那眼神中有仁善，有慈悲，有怜悯，无所不包。我感悟那眼神，诚如站在菩萨面前袒露自个儿的一切，用人善、慈悲、怜悯的尺度丈量自己，规整自己，让我不因善小而不为，不因恶小而为之，以仁善回报仁善，以仁善化解怨愤。我在权力部门没有吆三喝四，恭谦地面对每一个人。哪怕是满脸尘色的村民，只要走进我的办公室，我都会递上一杯水，让他平息喘吁，再说事体。

我由一个肆无忌惮的孩童，变为一个循仁蹈善、心系弱贫的成人，毫无疑问，是大姑一次又一次地度化了我。

大姑，就是我的佛。

《散文》2016年第8期

从剃度，戒度到超度，也正是人生境界的三重奏。没想到一个疯疯癫癫的大姑竟然改变了"我"的人生，从"我"的骄傲，到大姑的疯癫，是否也证实了人生需要谦卑。大姑的命运从此和"我"的命运相连，她用生命诠释了做人的道理，使"我"走上了意想不到的人生巅峰，因此大姑就是"我"心中的佛，是她超度了"我"。结构层层递进，令人耳目一新。（左左）

脚的尊严

/刘庆邦

母亲睡觉时不脱袜子，冬天不脱，夏天也不脱。冬天睡觉不脱袜子，脚会暖和些，这倒可以理解。夏天睡觉也不脱袜子，就有些说不过去了。大夏天的，脚上套着一双袜子，一套就是一夜，多热呀！我以为是母亲临睡前忘了脱袜子，就对她说，睡觉时最好把袜子脱掉。母亲说了一句"不碍事"，再睡觉还是穿着袜子。

妻子也注意到了这个细节，她从医学的角度劝母亲，说人睡觉时全部身心应彻底放松，如果脚上箍着一双袜子，就会影响整个身体的血液循环和血脉畅通，对健康不利。妻子提到母亲一年前得的一场大病，从病的性质来看，说不定跟睡觉不脱袜子有点儿关系。妻子把事情说得这样严重，我想母亲也许会受到触动，扯巴扯巴，把袜子从脚上扯下来。然而，母亲只是轻轻地笑了一下，说没事儿的，多少年了，她已经习惯了。

是的，回想起来，30多年前，母亲去矿区帮我们看孩子时，就一年到头不脱袜子。把胖胖的娃娃抱上一天，母亲有时累得小腿发肿。晚上临睡前，母亲会自己烧点儿水，到小屋里泡泡脚。泡完洗完，光着脚上床休息就是了，可她擦了擦脚，又把袜子穿上了。那时，我对母亲的这个习惯一点都没注意，就算偶尔看到了，也没往心里去。当父母的，对孩子的一切总是很关注，一点一滴都看在眼里，记在心上。而当孩子的，对父母的日常生活总是粗枝大叶，不大留意。直到父母日渐衰老，差不多变成需要我们照顾的弱者，我们对他们的习惯才关注起来，并试图改变他们的习惯。我也是这样，当注意到母亲有这个习惯时，我和妻子的看法一致，认为母亲的这个习惯不是什么好习惯。

妻子悄悄问我，老太太为什么非要坚持穿着袜子睡觉呢？这个问题我真没想过。既然妻子当成一个问题提了出来，我得想一想。我一想就想起来了，可能母亲觉得她的脚不好看，所以用袜子把脚遮盖起来。想到这一点，我几乎把这个答案当成了定论，对妻子做了解释。妻子将信将疑，说不至于吧。

母亲小时候裹过脚，但没有裹成小脚，只裹了一半就不裹了。如果说裹脚也是一项工程的话，母亲的脚裹得顶多算是半拉子工程。人们所说的"解放脚"，指的就是像我母亲这样不大不小的脚。母亲跟大姐二姐讲过她从小裹脚的经历，我也听到了。那时她刚四岁多，姥姥就开始给她裹脚了。姥姥将她还在发育的脚丫折叠起来，把除大脚趾以外的其余四根脚趾弯到脚板下面，用生白布做成的长长的裹脚布死死缠住。正是满地跑着玩的年纪，裹上脚，她就如同一只被折断了翅膀的小鸟儿，跑不成了。母亲害怕裹脚，对裹脚一百个不愿意，一万个反对。母亲表达反对的办法，是一看见姥爷，就在姥爷面前狠哭，哭得昏天黑地。姥爷当时在开封城里当厨师，思想比较开明，加上母亲是他最小的女儿，小女儿哭得让他实在有些受不了，他就对姥姥说，算了算了，孩子实在不想裹，就给她放开吧。就这样，母亲的脚没有被继续裹下去，是姥爷的干预，使母亲的脚获得了解放。尽管如此，母亲的脚还是稍稍有些变形，不是原生态，不是天足的样子。

我国以往的文化里，的确有糟粕。如横行了很久的缠足，就是一种糟糕得不能再糟糕的文化。这样的文化何止糟糕，它简直就是变态、畸形、丑陋，让人深恶痛绝。我真是不明白，我们这样一个优秀的民族，怎么会滋生出这样一种在全世界都丢丑的文化呢！这样的文化不知伤害了多少个包括我母亲在内的女人啊！

父亲去世时，我母亲才30多岁。生产队为了照顾我家，为了让母亲多挣工分，就让母亲跟男劳力一块儿干活。我见过母亲赶大车。一个男劳力在车前赶牲口，母亲在后面为大车掌舵。装满土粪的大车需要拐弯时，母亲就奋力转动车把，调准方向。我还见过母亲耙地。母亲赶着一匹马和一头骡子，左手牵着撇绳，右手举着鞭子，两脚分开，站在木梯一样的耙床上，驱动牲口前行。地里满是土坷垃，耙床起起伏伏，站在耙床上，像踏浪一样，对人的平衡能力有极高的要求。即便是男人，因脚下站不稳，掌握不好平衡，都有可能从耙床上掉下来。可母亲在耙床上站得稳稳当当，耙了一圈又一圈，把地耙得像面一样细。亏得母亲没有把脚裹成小脚，倘是把脚裹得像我们村的一些老太太的脚一样，走路时脚后跟一捣一捣，连走都走不稳，这样怎么能养活她的几个年幼的孩子呢！

我给母亲剪过手指甲。母亲70多岁之后，手指甲变得很脆，指甲剪刚剪住指甲，指甲就崩飞了。我从没有给母亲剪过脚趾甲，母亲坚持自己剪，不让我给她剪。给母亲洗脚更谈不上了。我没有问过大姐、二姐和妹妹，不知她们给母亲洗过脚没有。我只知道，在母亲病重期间，妻子的确为母亲洗过一次脚。定是经过妻子的反复劝说，聪慧的母亲为了配合儿媳，完成儿媳的一个心愿，才一改往日的习惯，同意妻子为她洗脚。

最难忘的一个细节，发生在母亲弥留之际。眼看母亲呼吸渐弱，我们赶紧为母亲换上事先预备好的寿衣，给母亲穿上新袜子和新的绣花鞋。门外大雪纷飞，我们守护着母亲。这时，母亲的一只脚动了一下，又动了一下。我们一齐向母亲脚上看去，原来有一只鞋没穿好，从母亲的右脚上脱落下来。在即将远行的情况下，我惊异于母亲还能意识到自己的脚，还能感觉到有一只鞋没有穿好。我们辛劳了一生的母亲，此时已不能说话，但母亲动脚的意思再清楚不过，是提醒我们把鞋给她穿好。

大姐赶紧把绣花鞋套在母亲脚上，对母亲说："娘，鞋给您穿好了，您放心吧。"

《中国最美的散文》第一卷，蒋建伟主编，中国书籍出版社2016年版仍旧是饱含深情，这种充满人文气息的文字，令每个读到它的人都会发出感慨：为什么母亲辛劳一生，辛苦一世，对我们无私地献出无微不至的大爱，我们却没有关注过她的一丝一毫，直到生命的终结。母亲的脚给了我们无尽的启示。（左左）

老同学记

/于坚

　　过去，你可以参加100个人的饭局，而现在，饭局上的人越来越少。所谓席终人散，并非在一顿饭后。其实过去的许多宴席从来没有散过，只是暂停而已，现在才是真的散了——某某去世了，某某去了外国，某某不知所终，某某出了车祸，而某某成了小人（将你家的情况、酒桌上的肺腑之言、电话里的密谈、私人信件都公布了，告密者找到了冠冕堂皇的正义感，大义灭亲了）……有太多的人你不想再见面了。而过去大家在一起亲如兄弟，觉得将来会勾肩搭背地走进坟墓里去。

　　剩下的人聚在一起，就像亲戚一样，都是从小一块长大的。"从小"可不一定只是指六七岁，到你50岁的时候，20岁时在一起喝酒的哥们儿那就叫"小朋友"。大伙回忆着过去，而过去是永远回忆不尽的。同一细节，反复回忆，每次感受都不一样，细节套着细节，总是有细节还隐藏着，总是有从前难以启齿的细节现在可以说了。难怪A当年上楼的时候总是要在楼梯口坐一阵，说是什么气痛，大家都以为他有这个毛病，其实只是为了能够看Q姑娘一眼。Q太太顿时泪如雨下："我当年也想嫁给你啊，你怎么不早说呢！"

　　由于共同回忆的联系，我们仿佛又回到了昔日的某一点，在那一点上，一切都尚未开始，但一切都已准备好，无数的可能性令你急切地要生活，要发展，要搭建，要探究。而人生朦胧的前景是多么美丽啊，与每个有希望之人的关系都是一张白纸，也不像现在这样错综复杂、无法涂改。在某一个时刻，大家重新简单起来，仿佛回到了开始，就要唱上一曲青春之歌了。但很快时间就到了，打住，解散，而在遥远的年代，大家是可以不解散的。在遥远的年代，我们来到黑暗的大街上，排成一大排在星星下走，直到一个个回到孤独。各人抹抹嘴，推出自己那辆灰头土脸的自行车来，后轮在坎坷不平的人行道上颠簸着，又一辆辆"哐当"一声跳到街道上，哥们儿纷纷跨上去，怀着温暖满足的心，向南的向南，往北的往北。顺路的并排行车，手搭在彼此的肩上，继续交谈，把刚才没有说透的话题再讨论一遍。有时候话没说完，已到了一家的门口，又绕路再走几条街才分手。那个年代，夜晚的城市里没有人，只有我们在空荡荡的大街上响亮地说话。

而现在，饭局结束，大家纷纷去开自己的汽车，或者搭出租车绝尘而去。只有我独自推出我的老自行车，一个人蹬车回家。街道是灿烂的，那么多的灯，消灭黑暗的壮丽运动如火如荼。黑暗过去是一个象征，现在很具体了，就是夜晚。让夜晚如同白昼，人们崇拜这个。从远处，我看见某种像树的东西，也许是塑料或者玻璃伪装的。但到了近处细看，这闪闪发光的东西，居然是一棵正在开白花的梨树——黑暗大街上的最后一棵树，它身上的光来自远处的亮化工程。我这才想起来，喏，这是春天。

《读者》2016年第18期

评鉴与感悟 ——

时代变了，我们的观念也在改变，但也许是时间改变了这一切，当我们老了，发现，过往是一朵开花的树，在深夜的某处熠熠发光。（左左）

草原（外一篇）

/王保忠

草原也许只是一种心情。

我就带着这种心情上路了。高速路也是一种心情，我只需随时踏上一下，车便生出了翅膀。车内放的是《自由飞翔》，我不知怎么就有了这盘光碟。随意也是一种心情，不提防就与时尚这东西遭遇。还有关于草原的歌，在车内已是波涛汹涌了。这不是对草原的一种预谋，其实在平常的日子里，这些歌便在我身边生长了。还有车窗外，草也是一种歌声，绿色的。但这个季节草已经泛黄。这是草原的现实。秋天，草原就是这种现实。这也是中年的现实，就像我，思绪已经像青草一样泛黄了。这是成熟的，还是衰老的颜色？中年的思绪应该是有皱纹的。

但现在我不该想这些，我必须专心驾车。

我就这样专心地飞翔在北朝的一首民歌里。

这是关于草原最早的歌。多少年过去了，朝代像墙一样垮塌，民歌还站在草原里，模样不变，民歌里的草还在生长。唱歌的人去了哪里？在高速路，我不能太由着自己的想象。其实真的没什么，草原只是一个朴素的女人。我喜欢素静的女人。草原就这样坐在我面前。我喜欢她的眼神，安静，辽阔，无边无际。很多时候，我总是显得多情，就像宋朝那个叫苏轼的男人。

在草原，敖包是一种知名的事物。它甚至比草原还知名。于是我想起了一些场景。我就坐在了这场景里，眼前是一堆隆起的石头。敖包相会，这是一种多美的场景。真实而美丽。我坐在牧羊小伙坐过的地方，想起了我年轻时候的一些图景。很多年来，我也在牧羊，我的羊是一群文字。我就这样赶着我的羊在草原上行走。我走在自己的草原上。在自己的文字里，心还是自由的。只是我越来越懒惰，所以啊，我常常想，谁来抽我一鞭子，谁来狠狠地抽我一鞭子。

身边是几个80后，一个吉他手，一个学油画的姑娘，一个歌手，是和我一起来的。在草原，当然可以听听那些歌手在蒙古包里卖艺，但我更愿意听这几个80后歌唱。在草原，他们的歌多么忧伤，这让我想到，草原本就是忧伤的。这几个年轻人原本也是忧伤的。我曾对别人说，80后的忧伤是吃饱喝足了撑出来的。现在想想，也不全是，这一代人活得率情率性。他们能把自己的喜怒哀乐淋漓尽致地表达出来。比如那个吉他手，他伴着吉他，他面对的是草原，可他唱的是他心中的忧伤。他可以吼，可以狂叫，甚至像狼一般地哀嚎。还有那个姑娘，他可以牵着男友的手，旁若无人地在我们面前表露她的亲昵。这虽然有点让人难堪，但是想想青春是美好的，爱是美好的，你就会原谅他们。有时候我想，我不是宽容，我是尊重爱情这东西吧。所以啊，他们能爱就爱吧。他们爱怎么表达就怎么表达吧，毕竟这是在草原，是野草疯长的地方。

牛羊是草原最平凡的句子。在草原，也许做一头牛或一只羊是快乐的，不，肯定是快乐的。一头牛是一个句子，一只羊是一个句子，好多牛羊连起来，就是一篇文章。这篇文章的题目叫咀嚼幸福。牛是慢吞吞的，慢吞吞地走，牛的节奏就是草原的节奏。有时候牛们慢慢地抬起头来，眼神是那么忧伤。羊也是慢吞吞的，慢吞吞地走，偶尔也抬起头来望你一眼。一些羊面孔消瘦，有点像哲学家或诗人的样子。所以我想，牛或羊是草原的诗人。

在草原，做一棵树也许是幸福的。树都不高，就像草，没有我们的想象高，没有挡住我们的想象。树大多是那种老头杨，在坡上起起伏伏，非常地谦卑。就像草原的山，都是那种小包子，即便有高大的一些，也被风磨蚀了。所以在草原，风是最热烈的，最张扬的，在它的张扬里，就有一些旋转的风力设备。我在风中，久久地注视着它们，我发现有的设备不动了，它们的翅膀是僵硬的，不如旋转起来优美。旋转的东西是美丽的，它白色的翅膀在风中转啊转，让我们感到这就是草原。草原的风就这样吹啊吹，吹了几千年，一直把一首北朝民歌吹到了今天。

所以，在草原，你随时能捡拾到一些民歌的碎片。

我喜欢比较老旧的民歌，带着一些被风吹过的，被雨淋过的痕迹，有点红色的锈迹。我想那些来看草原的人，可能都这样想吧。也许还有一种冒险的心理，希望遇到一只狼。狼这东西如今只活在传说中，或者活在我们的欲望中了。我们的欲望就是狼。在草原，真正的狼消失了，只有欲望最危险。我发现晚上的篝火晚会很危险，那是欲望在烧。还有，还有草原上那一座座蓬蓬勃勃生出的毡包，里面也很危险。还有一个呕吐的男人，他的酒气让草原多了一种味道。这样的人也很危险。这是我在草原发现的狼。

这个晚上，破例没有月亮。我听得有人在弹吉他，有人在唱，我走出去，好像看到了北朝的影子，还有那首民歌。

草原白

据说这是一种烈性酒，产自内蒙大草原，是马背上的汉子们视为命一样的东西。

我在一篇文章里说，大同男人，很容易把自己灌倒。大同男人，不管是文人还是武人，灌起自己特别痛快，卖力，这一点与马背上的那个豪爽的民族颇为相似。但大同男人毕竟是大同男人，大同虽然在游牧民族与农耕文化的交汇地，五方杂居，然而不管怎么个交汇，又怎么个杂交，大同男人终究还是大同男人。

从地域的角度讲，自然地，我也容易把自己灌倒。记得有一次在上海开会，晚上，有人提议喝点白酒，结果黄河以南的人都不喝，后来是河南文学院的一位老兄拉我当差，说你是大同人，肯定能喝点白的。他长我有七八岁，办着一个刊物，一直把我叫作兄弟，好像是我不能不从命。结果呢，面对黄浦江和东方明珠，黄河以北的人都把自己喝得晕晕乎乎的。

那么，面对草原白，大同男人又会有怎样的表现呢？假如说这是一个试验，这个试验该怎么做。一般来说，大家都希望这样的试验成功一点。因为毕竟有客，且这客还是远方的客人，要不然也不会有这么一次聚会。一个是广州的，一个是西安的，西安的又带着几个西安的，等等，都是同道中人吧。但不管是客，还是主，在酒桌子上，最终都要面对一件强大的东西，这就是酒，比如现在端坐在餐桌中央的草原白。

我后来知道草原白的杀伤力很强，当然，在此以前，它首先是激动人心的。首先，我们不是经常面对它，这是传说中威力无比的东西，有个雅号叫"蒙倒驴"，是酒中的酒，相当于武林秘笈中的葵花宝典。然后是，我们开始面对它，一位老兄建议我先点一下，说这样烧过后的味道美极了。其实不用点，烈酒最香，毒花最美，这是个很通俗的道理。再然后是，面对美酒自然会有一些玩笑，雅也好粗也罢，总之是这样的场合该有的欢声有了，笑语也有了。酒绝不是好东西，但也不是什么坏东西，你想啊，那么多人在一起，假如没有酒，坐一块儿吃饭，干巴巴的，这就相当于开会了。开会不是个好差事，大家喝着一杯寡淡的茶水，围起来赞美一个人。何况，没有酒也极容易暴露自己的吃相。太文雅了，有时候就是一种虚假。所以，酒总有它存在的理由。喝酒，我们极容易看出一个人的另一面，就像一个人在开会时看到的是他的这一面，在家里看到的是他的那一面。所以酒，几乎就是一面镜子，它能折射出好多东西，好的东西，不好的东西，总之是真实的东西。据说，不喝酒的原因有好多，皮肤过敏是一个，余下的是什么呢？原因很多，不说也罢。

我本人其实喝不了酒，喝酒的场合有时却是免不了要去的，去就去吧，却又禁不住高手的劝，这样，醉酒自然是免不了的。醉酒是件很痛苦的事，所以有段时间我很想戒了它。我不知道自己在酒桌上说过错话没有，或者口吐过狂言没有，我想这样的错误肯定有，但我不后悔，一个人为什么要把自己裹得密不透风的。在生活中，这样的人很多，他密不透风，却随时准备着捕捉你的动向，也好拿去找个主子邀功请赏。但这样的人肯定挺累，他也需要练出葵花宝典那样的大法。我后来终于没有戒酒，可能就是觉得人不能活得太累吧。当然，有一点我能做到，不投缘的人我从不去和他喝那个酒。还有一点，这可能基于我是个享乐主义者吧。人这一辈子其实很短暂的，应该多为社会做点贡献，但大多数人其实做不了什么贡献。喝酒，至少是一种消费，能够为我们这个时代的经济做一点贡献吧。这也可以视为我的喝酒观。

但是，说到底我还是害怕酒的，在家里我基本上滴酒不沾。在许多这样的场合，我也暗自劝说自己，少喝为佳。然而，也许是地域的原因，也许是我性格里埋藏着一些危险的因素，我很容易把自己点燃，就像我们面对的草原白，一根火柴就能点着的那种。喝酒的男人，有时候他自身就是草原白，不管你是内向的，还是外向的，你的性格里有草原白的因素。这样，我们与其说是欣赏酒，不如说是欣赏自己。与其说是欣赏自己，不如说是寻找自己。

很多年来我一直在寻找自己，我究竟是谁？究竟适合做什么？但我知道，从天性来讲，我不该干写字这个行当，我更向往骑手或武夫的生活。小时候，作为村庄里的一个孩子头儿，我经常带领着他们去与邻村的孩子打仗，有时候是头破血流，但是长大后我发现根本就没有了这样的机会。想想，我现在常常躺在沙发上看战争片或动作片，不管是怎样一个拙劣的关于战争的片子都能看得有滋有味，原因可能就在于此。

找来找去的结果是，枉然。

就好像我常常被老白酒打败。

我被杏花村的汾酒打败过，被衡水的老白干打败过，如今又被内蒙草原白打了个落花流水。常战常败，这或许就是一种人生。

评鉴与感悟

草原的味道在保忠的文字里弥漫开来，那种深远的思虑、空旷的忧伤，是草原生生不息的草，年年枯萎，年年生长，没有尽头。我喜欢的就是这种味道，也许我不需要看清那些细节，只要有这种感觉就足以让我空旷的心无处安放。（左左）

母亲是每个人心中的佛

浙江雁荡山的一石一岩、一山一峰、一瀑一湫都浸润了深厚的文化。夫妻峰、千佛岩、万象峰、一帆峰，天柱峰……每个山峰、每块岩石都有着一个或凄婉或浪漫，或至虔或至诚的故事。

那天，我们去大龙湫。大龙湫景区实际是一处山谷，谷口较为宽敞，旁有锦溪。循溪左行，有千仞绝壁成嶂，干霄摩天。绝壁上一尊尊突兀不齐的岩石，形态各异。大小峰头参差相叠，如无数佛陀现身，被称为千佛岩。千佛岩形象逼真，远远望去，就如同慈眉善目的佛祖在垂恩致意，传递着大慈大悲大智慧。也如同百千罗汉，向前奔走，虔诚地去朝圣——他们佛衣婆娑，呈匆匆前往之状，让人想到佛的盛会，佛的普度，佛的慈悲，佛的神圣。

众石佛中，有一特别引人注目处：一高一低两石相倚，犹如少妇抱儿。儿体微蜷，拥贴母怀。少妇将儿紧揽怀中，似怕儿冬日冰雪寒冷，也像怕夏日骄阳太烈，或怕秋日秋风太劲。儿在母亲的怀中依恋着，安享着，幸福着。那画面让人感到十分温馨。友人告知，此峰称为抱儿峰。

我伫立在抱儿峰前许久，想起了自己的母亲。她就如同这位母亲一样，把我紧紧地拥揽在怀里，用一生爱护着，保护着我。可是如今母亲走了，她走得很匆忙，让我们未及回报她的呵护。离开了母亲的怀抱，时常会感到孤独与无助。我想：这个世界说大真大，母亲走了就再也不能相见……想到此，眼睛便有些湿润。

同伴们喊我了，我才收回联想，转过身来继续前行，忽看见一画家支起画架，凝神描绘千佛岩。

我想看看画家是怎样将千佛岩呈现于画板之上的，也想看看画家画板上的千佛岩，是不是画出了我心中的千佛岩。于是，我便和画家聊上了。

画面上，千佛岩已跃然纸上。那些石佛似乎有了灵性。尤其是那千佛岩中的抱儿峰，一对母子深深相依相拥，历历在目，撞击着我的心扉。母亲的慈祥与仁爱，幼儿的幸福与安然，在画家的笔下，活灵活现，呼之欲出。我又一次被那画中的母子相拥、慈母护儿所感动。

"我这幅画是带着感情画的，也是含着泪画的！"画家忽然说，"今天早上5点，我刚刚醒来，听见电话机响了。是我妈打来的。"

"我妈说：是不是电话吵醒你了？我说：不是，我已经醒了。妈妈说：儿啊，今天是你的生日，妈不在你的身边，你想着给自己煮两个鸡蛋吃。"

"我说：行啊，妈，我记住了。我都这么大了，你还记着我的生日！"

"我妈今年已经快80岁了，我长年在外面画画，对母亲照顾不够。可是母亲时时惦记着儿子。早晨的电话，肯定是她天不亮就醒了，一直等着给我打电话，打电话又怕影响我睡觉，就又撂下了。可怜天下父母心啊！"说到这儿，画家眼里已经浸满了泪。

画家又看着画板说："这幅画是带着对母亲深深的感激之情、感恩之情画的。我画千佛岩的佛，实际上就是画母亲。千千万万尊佛，千千万万个母亲。特别是抱儿峰，我画的就是我的母亲，就是所有儿女的母亲。母亲是我心中的佛，母亲对我有求必应，恩重如山。她不图任何回报，就是希望我好。"

这幅画，画面只用黑白浓淡点染，却大气磅礴，质朴壮美，意蕴深厚，动人心弦。

是啊，大美无色，天下所有母亲的情与爱，不管用怎样的色彩都难以表达，只有这黑白两色的千佛岩、抱儿峰，更能彰显出母亲的大美！因为，母亲是每个人心中的佛，她的情与爱，永远朴实无华，永远圣洁如初。

《时代邮刊》2016年第8期

母性就是佛性。这则小品写得何等真挚，何等入情！见千山如见佛，见千佛如见母，这又是怎样平等慈悲的真如自性？读罢此文，真想一睹画家用黑白点染的千佛岩、抱儿峰，到底是何等质朴动人。人人游山，游到作者这种境地，需要爱，也需要觉悟。（石图）

品事篇

永远欠一顿饭

/刘亮程

现在我还不知道那顿没吃饱的晚饭对我今后的人生有多大影响。人是不可以敷衍自己的。尤其是吃饭，这顿没吃饱就是没吃饱，不可能下一顿多吃点就能补偿。没吃饱的这顿饭将作为一种欠缺空在一生里，命运迟早会抓住这个薄弱环节击败我。

那一天我忙了些什么现在一点也记不清了，只记得天黑时又饥又累回到宿舍，胡乱地啃了几口干馕便躺下了，原想休息一会儿出去好好吃顿饭。谁知一躺下便睡了过去，醒来时已经是第二天早晨。我就这样给自己省了一顿饭钱。这又有什么用呢？即使今天早晨我突然暴富，腰缠千万，我也只能为自己备一顿像样点的早餐，却永远无法回到昨天下午，为那个又饿又累的自己买一盘菜一碗汤面。

过去了就是过去了。但这笔欠账却永远记在生命中。也许就因为这顿饭没吃饱，多少年后的一次劫难逃生中，我差半步没有摆脱厄运。正因为这顿没吃饱的饭，以后多少年我心虚、腿软、步履艰难，因而失去许多机遇，许多好运气，让别人抢了先。

人们时常埋怨生活，埋怨社会，甚至时代，总认为是这些大环境造成了自己多舛的命运。其实，生活中那些常被忽视的微小东西对人的作用才是最巨大的。也许正是它们影响了你，造就或毁掉了你，而你却从不知道。

你若住在城市的楼群下面，每个早晨本该照在你身上的那束阳光，被高楼层层阻隔，你在它的阴影中一个早晨一个早晨地过着没有阳光的日子。你有一个妻子，但她不漂亮；有一个儿子，但你不喜欢他。你没有当上官，没有挣上钱，甚至没有几个可以来往的好朋友。你感觉你欠缺得太多太多，但你从没有认真地去想想，也许你真正欠缺的，正是每个早晨的那一束阳光，有了这束阳光，也许一切就都有了。

你的妻子因为每个早晨都能临窗晒会儿太阳，所以容颜光彩而亮丽，眉不萎，脸不皱，目光含情；你的儿子因为每个早晨都不在阴影里走动，所以性情开朗可人，发育良好，没有怪僻的毛病；而你，因为每个早晨都面对蓬勃日出，久而久之，心存大志，向上进取，所以当上官，发了财。你若住在城市的高烟囱下面；那些细小的、肉眼看不见的烟灰煤粒常年累月侵蚀你，落到皮肤上，吸进肺腑里，吃到肠胃中，于是你年纪不大就得了一种病，生出一种怪脾气，见谁都生气，看啥都不顺眼，干啥都不舒服。其实，是你自己不舒服，你比别人多吃了许多煤沫子，所以成了现在这个样子。你怪领导给你穿小鞋，同事对你不尊敬，邻居对你冷眼相看，说三道四。你把这一切最终归罪于社会，怨自己生不逢时，却不知道抬头骂一句：狗日的，烟尘。它影响了你，害了你，你却浑然不觉。

人们总喜欢把自己依赖在强大的社会身上，耗费毕生精力向社会索取，而忘记了营造自己的小世界，小环境。其实，得到幸福和满足是非常容易的事情，只要你花一会儿时间，擦净窗玻璃上的尘土，你就会得到一屋子的明媚阳光，享受很多天的心情舒畅；只要稍动点手，填平回家路上的那个小坑，整个一年甚至几年你都会平平安安到家，再不会栽跟头，走在路上尽可以想些高兴的事情，想得入神，而不必担心路不平。

还有吃饭，许多人有这个条件，只要稍加操持便能美美款待自己一番。但许多人不这样去做，他们用这段时间下馆子去挨宰，找气受，找传染病，尔后又把牢骚和坏脾气带到生活中，工作中。但还是有许许多多的人懂得每顿饭对人生的重要性。他们活得仔细认真，把每顿饭都当一顿饭去吃，把每句话都当一句话去说，把每口气都当了口气去呼吸。他们不敷衍生活，生活也不敷衍他们，他们过得一个比一个好。

我刚来乌市时，有一个月时间，借住在同事的宿舍里，对门的两位小姐，也跟我一样，趁朋友不在，借住几天。每天下班后，我都看到她们买回好多新鲜蔬菜，有时还买一条鱼，我见她们又说又笑地做饭，禁不住凑过去和她们说笑几句。

她们从不请我吃她们做的饭，饭做好便自顾自地吃起来，连句"吃点饭吧"这样的客气话也不说一句。也许她们压根就没把我当外人，而我还一直抱着到城市来作客的天真想法，希望有人对我客气一下。她们多懂得爱护自己啊，生怕我吃掉一口她们就会少吃一口，少吸收一点营养，少增加一点热量，第二天她们在生活和事业上与人竞争时就会少一点体力，缺一点智力，她们生活的认真劲儿真让我感动。她们虽然只暂住几天，却几乎买齐了所有佐料，瓶瓶罐罐摆了一窗台，把房间和过道扫得干干净净，住到哪就把哪当成家。而我来乌市都几个月了，还四处漂泊，活得潦倒又潦草，常常用一些简单的饭食糊弄自己，从不知道扫一扫地，把被子叠得整整齐齐，总抱着一种临时的想法在生活：住几天就走，工作几年就离开，爱几个月便分手……一直到生活几十年就离世。

我想，即使我不能把举目无亲的城市认作故土，也至少应该把借住的这间房子当成家，生活再匆忙，工作再辛苦，一天也要挤出点时间来，不慌不忙地做顿饭，生活中也许有许多不如意，但我可以做一顿如意的饭菜——为自己。也许我无法改变命运，但随时改善一下生活，总是可以的，只要一顿好饭，一句好话，一个美好的想法便可完全改变人的心情，这件简单易做的事，唾手可得的幸福我都不知道去做，还追求什么大幸福呢？

《小品文选刊》2016年第6期

评鉴与感悟　一般情况下，我们都认为不吃一顿饭无所谓，某顿饭没吃饱更属稀松平常。但作家刘亮程通过记忆深刻的一顿饭，以小见大，见微知著，推己及人，从中挖掘和发现出一个人对生活、对社会、对时代应有的基本态度和做事处事风格。将就自己一时，也许会将就自己的一生。时时事事处处严谨自己，实际就是一步一个脚印，认真构筑自己人生的幸福。（曾强）

穷死的梵高,富死的毕加索

穷人有穷的原因,富人有富的理由。穷人为什么穷?富人为什么富?因为富人会讲故事,而穷人不会。梵高与毕加索都是天才画家,但毕加索生前就是故事大王,而梵高只会默默作画,他们人生的境遇有着天壤之别:梵高是穷死的,而毕加索是富死的。

梵高生前穷愁潦倒,虽然一生画了九百多幅油画,但有生之年只卖出过一幅画,收入是400法郎……几个月后梵高就自杀了。梵高的一生平淡无奇,但画作却色彩艳丽,充满着对未来美好生活的各种"意淫"。从《星空》到《向日葵》,都表达着梵高内心对自由的极度渴望。除了与卖笑女子厮混,梵高就只剩下借酒浇愁了。贫穷会杀人:梵高疯了!他把自己耳朵割了下来。在弟弟不再提供给他生活开支的时候,37岁的梵高选择了死亡:最终开枪自杀了。梵高是穷死的。

相比于梵高,毕加索的人生灿烂辉煌。在其91岁辞世时,毕加索留下了7万多幅画作、数幢豪宅和巨额现金。据测算,毕加索的遗产总值达到395亿元人民币之巨。很显然,毕加索是富死的。同样是画家,为什么毕加索会如此之富有?原来,毕加索不仅是个绘画天才,也是位营销天才,更是个会讲故事的金钱达人。

故事比画值钱

每当毕加索要出售他的画之前，他都会先办画展，然后召集大批熟识的画商来听他讲故事，讲作品的创作背景，讲作品的创作意图，讲作品相关的故事。一幅画想要卖得好，先要画得好。可如果仅仅只是一幅画，恐怕没人愿意为它付出高价。人们更感兴趣的是这幅画背后的故事。有了这个兴趣，故事就值钱了，故事里的画也就值钱了。这是一种产品"货币化"的过程，很多人不明就里，而天才的毕加索却深谙此道。如今，价格昂贵的产品无不是有着生动的品牌故事，而且这些品牌故事每天还在被创新地演绎。

毕加索也"刷脸"

据说，毕加索出名之后，即使购买很小件的生活用品也喜欢用支票付款。为什么？其实，这里面有个小秘密。当毕加索已经是位声名显赫的画家的时候，如果他用支票购物，得到支票的店主会怎样处理那张支票呢？毕加索认为，店主与其拿着这张支票去银行兑换那么小额的一点现金，倒不如将这张有着毕加索亲笔签名的支票当作艺术品，赶紧装裱收藏起来，至少也是一件十分有意义的纪念品，说不定以后还能升值卖出去。于是，为了不花钱也能购物，毕加索就用支票去结账，这就相当于现在的名人"刷脸"。

深谙品牌溢价原理

法国波尔多有座属于极其神秘的罗斯柴尔德家族的酒庄——木桐·罗斯柴尔德酒庄，木桐酒庄出产的高级葡萄酒享誉世界。自从1945年以来，木桐酒庄的庄主菲利普·罗斯柴尔德每年都会邀请众多绘画大师来为其设计酒标，其中就包括毕加索，毕加索为其设计了1973年的酒标。但是毕加索并没要酒庄付他钱，而是接受一批葡萄酒作为稿酬。毕加索认为，这批酒因为贴上了自己设计的酒标，其价值必然会飙升。除了可以留下来自己喝，将来拿出去卖，也一定会有更高的溢价。由此可见，毕加索真是一个深谋远虑的理财高手。

毕加索玩转社交商业

帕布罗·迭戈·荷瑟·山迪亚哥·弗朗西斯科·德·保拉·居安·尼波莫切诺·克瑞斯皮尼亚诺·德·罗斯·瑞米迪欧斯·西波瑞亚诺·德·拉·山迪西玛·特立尼达·玛利亚·帕里西奥·克里托·瑞兹·布拉斯科·毕加索——这是毕加索的全名，恐怕连毕加索自己也未必记得住。但这个名字却显示毕加索家族本身就蕴含着的现代商业基因。据说，毕加索家乡的人在起名时，除了会把祖先的名字加进去，还喜欢把和自己关系亲密的亲友的名字加进去，其真实目的是想拉近自己与对方的关系。在他们看来，构建诚实可靠的人际关系无比重要。我们现在说，移动互联网的本质是社交，移动互联网时代的商业是社交商业，而社交商业的基础就是互信。可见，毕加索天生具备社交商业的基因。

梵高是穷死的，毕加索是富死的。梵高穷的原因在于有生之年无法实现与他人的价值共享，而毕加索生前就实现了品牌溢价。毕加索有言："我画的不是事物的表象，而是不能用肉眼看出的本质。"

《广州日报》2016年6月10日

评鉴与感悟

一个人的穷富与什么有关系？这恐怕是许多人想知道的。本文就选取了两位艺术才华和造诣都十分杰出的西方油画大师作比较，从而给人以深刻的启迪。梵高空有绝世才华，但在世时穷困潦倒，连基本的生活都不能维持，只得自杀。毕加索不一样，他几乎就是为市场而生的天才艺术家，善交际，会造势，肯钻营，会理财，所以一生长寿，荣华富贵。适应社会，才能更好地体现我们的价值。（曾强）

败于不好意思

/马德

　　跟谁好，就难免会被这种好所"绑架"——你会在对方那里失去原则，所有该说的话、该较的真，都将止于心底的一句嘀咕：关系这么好，还是算了吧。于是，事理会败于不好意思，规矩会坏于不好意思，公正会溃于不好意思。不好意思如一个巨大的坑，从此越陷越深。

　　人世间，多少好，最后成了彼此的负累。不必把一份情谊维持得如此委曲求全，既然是最好的朋友，就把该说的、该做的都呈现出来。一味将就留不住人，一味拿捏情面只会让自己更加痛苦。不是一路人，就赶紧一拍两散；最终肯为你留下来的，才是真正懂你的那一个。

　　不要一条路走到黑。有些暗夜，挣扎到后来，未必是黎明。

　　喜欢指责他人的人，自己未必完美，却乐于在别人的不完美里锱铢必较。一天到晚痛斥不公不义的人，自己未必能做到公平正义，却愿意在别人的人格缺陷中喋喋不休。这两种人的逻辑是：我未必可你心，但你必须顺我意。当然了，批评是每一个人的权利，但这并不意味着你就有资格。说到底，资格是对自身人格的认领。

　　现实的情况是，有资格的人未必苛责，没资格的人却四处喧嚣。他们往往以道德的名义居高临下，指手画脚，用道德抬高自己，也用道德粉饰自己。

问题是，道德一旦被劫持，常常会变得很不道德。先贤或早已看到了这种不对称性，于是劝诫说：要以责人之心责己，要以恕己之心恕人。先贤的意思是，一个人要勇于反躬自省；一盆脏水在劈头泼向别人的时候，要先看看自己是不是个脏人。照见自我，才可以产生道德的惭愧感和内疚感，进而让自身变得内敛和理性。

任何占有，背后都是欲望在唆使，无论说出来的理由多么冠冕堂皇。

真正的喜欢，不一定占有；真正的爱，会对被占有的喜欢心疼。有些占有，不是喜欢也不是爱，是先人一步对美的攫取和征服，看起来更像是为了获得一种霸占的快感。美，只在喜欢或者爱的人那里有审美价值；在占有者那里，审美渐失，徒余炫耀的功能。当陌生感和距离感消失，多美的东西，于世或稀缺，于占有者却再无珍贵可言。这是美的悲剧，也是占有者的悲剧。

让美自由地呈现在其他欣赏者的视野里，并摇曳生姿，就是最大限度地为美解缚。人世所有过早谢幕的美，不是它早早地不美了，而是精神已死，懒得去美或者忘记了去美。

得意时，少有张狂，便为良善。富贵时，不出恶语，就是慈悲。慈眉善目不是长出来的，而是仁爱的心性颐养出来的。人，长出来的叫体格，修养出来的才叫气质。一个低调的人，生怕自己跟别人有什么不一样。喧嚣的人正好相反，他们不愿自己跟别人太一样。前者永怀敬畏，所以愿在人之中；后者恒藏虚荣，所以喜为人之上。

虚荣的人难以活得简单，低调的人却可以活得平和。人生的减法，不是谁都能做到的，否则这个世界将会多么简单。

一般来说，活到一定的年龄段，自然会活得简静。但也有岁月救不了的人，也有年龄打不败的欲望。人至老境，欲望若还那么大那么多，老境差不多就成绝境了。

《陇南日报》2016年1月11日

读过作家马德的很多小品文章，他总是像庄子一般善于思辨，善于说服，并善于挖掘那些平凡言辞的深处，依次拓展开来，直至人心人性。这篇文章同样如此。从我们日常的"不好意思"引申"绑架"开来，人性的虚荣和善恶就渐渐显示，苛责与恕己，占有与喜欢，喧嚣与敬畏……其实，世间没有那么复杂，该减法的减不了，一切都是欲望惹的祸！（曾强）

大生活（外二篇）

/闫文盛

我们准备不足，无法抵达那些大生活。

它们总是倏忽而过，在仍然充满了陈旧空气的院落里，那激情洋溢的岁月倏忽而过，我们迄今对它并无体察。

在我们的心底，岁月总是停滞不动，它小到了极处。

那些激情洋溢的岁月反证着流动的金色，包括那些树木和落叶，它们对未来的一切作出预测。我们从未真正地贴近那金色的，未来的时光。它们在高度污浊的空气里变成一片灰茫。

在那过去，信服时间的人从未有过。我们总是沉浸于"细节之荚"，而浑然忘却一切物外。

在我们的心底，光阴总是停滞不动，它小到了极处。

在所有的记述之中，都包含了这样绝对的真理。

我们并非固守一地，但光阴总不流动，它只是让我们看见了浮尘。在我们长达数十年的懵懂之中，诞生着最为本质的诗人。他很粗俗，像个自我愚弄的匠人。

我们从来都不写作，只是，在欲望欢腾的旧日，我们都是乐于抒情的匠人。

那些唯一的，贴近我们自己的小的时空，它们多么庄重，恳切。

那些小的，残缺的时空，我们并无法补救。在数不清的怀念之中，我们并不自由。

如果无法遣怀，我们大可做个手艺在身的匠人。林木森森，它们都多么恳切而庄重，那些浓密的事物，揪心的剧情，都造访了我们的家园，并超越我们的界限。但是，它们终究也会过去。我们无法将它们挽留，并使之成为我们的内心。

我们只是度过了唯一的生命。它过于破碎，毫不完整。

我们总是在看到，那些磅礴如同烟云的事物，它们层层叠叠，占据着时光，如同我们骨子里的旧物。在伪造的梦幻之中，我们也有自己的历史，它们夸张而荒诞，如同空心的时光。

感染力的源头

正午的阳光使我晕眩。它多么辉煌，如同童年梦中高大的灯盏。

但是，我仍然想到了哲学家的疯狂，以及上帝的疯狂。在精神高扬的时刻，那澄明的镜子映照着这悲哀的人世。那时，整个星球上的人类都处于这样的时刻：他们的内心纯洁如银，根本没有任何外物可以阻挡他们向死而生的进程。

他们纯净如银，奋身高举，悲哀抵达。

雪山静默，宇宙空荒。

到处是单一的纯明的色泽。

这是他们在冷热适度的人间漫步的时刻。那些嗜血的野兽都处在这样悠长的午后，它们瞪视着这创世者的目光中静默的时刻。那些阳光如同跳跃的小鹿，它们宁静而单纯。那些粉红色的花朵开放在无数儿童梦幻般的注视之中。这是他们在毫无寒冷的季节之中的伫立，他们守候着童心的初萌。那些粉红色的花朵如同上帝的孩子一般诱人。他们美得炫目。

好吧，我们不说奉承话，我们都没有变成上帝哲学家。但是，那是黑色的假日。

后来，在对于无数揪心的痛楚感同身受的时刻，我会愈加明晰地忆起一些童年场景。它们无比宁静而单纯，似乎毫无缘由。

不，我没有黑色的痛楚，只有为了及早地完成某一桩事情的种种焦灼。似乎我的一生都是为了生长速成的灵魂。在我深感无法消除干扰的时刻，受气候的影响，我所能看到的那些心灵的污秽也渐渐地加深了。我躺在阳光匝地的时分。那些高楼，它们都是我内心的战争。我无法生活在树荫之下，我无法生活在阴影之中。它们都很审慎。

而一些耽于内心的时刻，与高楼和草地并无直接关联。它们只是上帝授予我们的图腾。

我们在此，必须考虑生死。

是美丽的事物使我感到忧伤。我想象着那些绝地峰峦。

我将自己投入到世俗的汪洋之中。我很容易感到厌烦，却总是无法抽身。

我将自己投入到时光的海中，直到皱纹密布。我从公交车上下来，带着一个熟人进关，像带着我的化身。那已经是十五年前的事了。我对于未来，有着深刻的反省和动人的迷茫。

十五年中，无时无刻，我都带着我的化身。它们被分裂出多数。

十五年中，我已经度过了我的一生。有时，我的确想写作，毫无阻碍地写作，但从来没有这种可能。我深受自我啃噬之苦。

有时，我想裸身写作，在彻底敞开的灵魂之中，我看到人间俗众之苦。

但糟糕的是，我不只痛恨，而且还爱他们。我想在文学中抛弃他们。

我只想攀登虚无的高空：那些酷寒记忆，使我常受震惊。它们影响了我的梦境。

它们影响了我的爱情；它们影响了我的记忆；它们影响了我的婚姻。

我经常在内心中，高声朗诵：我在无比静谧的时刻，制造自己所受噪音纷纷的现实。我无法在内心彻底清晰的时分写作。我无法将自己固定在任何区域，尽管，我们身受美景，它们在重新塑造我们所经历的一切时分。是一种黯然中的感伤，使我们变成了小说家而非诗人。

我对于耽于抒情的旧日，充满了不加约束的感恩。对于这一切，似乎无人能懂。

但是上帝从未为了领受痛苦而活着。

但是，他注视我们的盲目，并不加约束。

这些枯燥时日，像某种魔法般，将我们牢牢抓住。我不知道美景为何。

只有寒冷之中的飓风，将我们牢牢地抓住："我们都被裹挟而走，像身不由己的孤树。"

观彼日出

我们并没有出现在天地洪荒之时。

那日出绚丽多姿，它只面对空茫茫大地。它只面对那高峻的山峦。

它只面对碧蓝的海水，一望无垠的河滩和茂密的森林。它只面对裸露的岩石。

像亿万年后，我们面对那绚丽的日出，那海水和茂密的森林，那裸露的岩石和一望无垠的内心。这是日出之旨。它以最浓烈的光芒刺伤大地。那日出攀上山巅。

我们站在日光初露的田野，看那日出攀上山巅。千万年后，我们还是如此，那日光在缓慢地攀上山巅。在此期间，我们经历了各种生死。故事的潮水漫过大地。

天地洪荒，这是从始到终的绝望。

日出以横扫六合的雄壮之意漫过大地。那天空多大，它看着无数日光的个体漫过大地。它包藏着冷漠和酷热的内心。

那时，大地上空无一人。只是无数裂隙，吞噬着从黑暗到光明之间的各种虚幻。

后来，很久之后，大地上才出现了写故事的人，吞吃各种野兽的人。大地上先有了各种光芒，然后才有了写故事的人。他们多么像虚幻的日出，尽管日日重现，但仍然无法捕捉那更为广大无极的空际。那天空中有无数太阳。星空璀璨。

有日出的日子多么迷人，它们是幻术家置于人间的奇境。那些色彩丰富，缥缈，沉重。

它们压迫着沉甸甸的树木。

它们压迫着高山雪线。

它们压迫着写诗的人，信教的人，一切艺术家和他们的内心。

经历了种种不自由才能够看到的日出多么虚幻，它们高大，明亮，如同那天地洪荒之间的时光。那些光明的因子跳跃着，像轻度疯狂的小兽。

那些日光覆盖了山冈，草甸，短暂的爱情和人类的盲区。

那时，人们都还在沉睡之中，许多鸟兽已经先此一步，攀上了那巨峰高耸的岁月。它们站在那高高的山上瞭望，像带甲的士兵依恋着田园。

它们并非天然生长的时光，那无数的挨挨挤挤之心，都在等待着那日光启幕后的辉煌。

那时，很多区域尚未有人类居住，迄今亦然。

那日光照耀着山坡上的花草，它们并不悲观，欣悦。

那日光照耀着人类爱我之心，它们并不悲观，欣悦。

但是，在苍茫大地上，仍然有无数奇幻。

它们争夺着那些高山，草地，日光。

它们争夺着那些海水。

它们争夺着一切，在日光之下，有各种血腥和窒息。

我们并没有看到天地洪荒。

在那些遥远的日光出没之地，我们尚且只是卑微的生物。

在那些背负沉重的人群中，我们并没有看到任何奇幻。

但是，我们活着，伴随日出之始终。

我们感觉了各种战争，但是，我们彼此没有争斗。

我们皆是善良的兽。

那些日光照耀的盲区，充满了各种牵肠挂肚。

我们相互思念。盲目爱恨。彼此情仇。

我们皆是优美的兽。

作家闫文盛是孤独的，孤独到天荒地老的阳光几乎为他一个人而照耀；他也是深邃的，深邃到极处光阴都探不到他思想的源头。他是一位智者，他是一位思者，他是一位阅者，他是一位歌者，他是时代的一个犀利的但另类的角落。读这样的小品，应该是艰涩的，如同品味或体验我们的生活。文学从来就是，不管你愿意不愿意，把时代的皱纹刻得深些，更深些。（曾强）

高贵，缘于羞涩

/菡苜

这世界，没有一个人给高贵下过确切的定义，人们可以随着自己心灵的尺度，任意拉伸这个概念。是显赫的出身，尊贵的地位，抑或是敌国的财富，倾城的美貌，乃至于一身烫金的衣服，一头古典的盘发，外加满身的珠光。这些都不是，因为一旦剥下，你就和别人一样，赤裸裸的一无所有。

这世界唯一偷不走换不掉的是思维，这也是人和人唯一的差距。所以有些人就说了，高贵是高蹈的品质，洁白的精神。都对！但这些抽象的词汇，又是如此缥缈，要等到提炼后才能拨云见日。

那就看下宋庆龄吧！一身素服，不需要成千上百套衣服换着，也不需要保持苗条的身材，更不需要说话，静静地往那一坐，就是岁月风云里一抹永恒的高贵了。你想象不出，她如果也像江青那样穿着制服，扎着皮带，挥舞着语录，台前幕后昂首挺胸的，会是个什么样子。因为有些事是她不做的，有些衣服是她不穿的。

所以说高贵是根深蒂固的，长在血脉里的东西，制约着你的行为，限制着你的思维。

一个父亲这样对他的女儿说："你只需做一件事，那就是像花蕾一样把自己严严地包裹起来。"高贵就是如此简单，在平凡的生活里，仅仅只是羞涩二字。也正因为这层层包裹，有些话你说不出口，有些事你做不出来，这就是你高于别人的地方所在。但这个差距要来自内心的笃定和良好的教养。

人之所以比动物高贵，那是因为在一开始就给自己穿上了一件外衣，这件衣服不只为了御寒，更多是遮羞。后来人类发明了厕所，又用挡板一格一格隔了起来，不是怕臭，也是怕羞。因为人不可能毫无隐私，开放地活着。所以说羞耻之心是决定你是不是一个精神贵族的最重要因素。

郑念在"文革"中遭受严刑拷打时，一声都不吭。有人劝她忍受不了就喊出来，她说我发不出那样的号叫声。如果你认为这是坚强就错了，那是因为文明的种子在她的心中根植得太深了。当她遍体鳞伤双手血肉模糊，每次如厕拉裤链都痛如刀割时，她却说"我不能忍受衣不蔽体，我不能有伤风化"。

这就是高贵，在点滴之间。

为什么有些人始终高贵不起来，那是因为潜意识里还有动物的思维。弱肉强食，攀比争夺，不仅包括物质还有感情。羞涩的文明之花，离他太远了。海明威在《真实的高贵》中说："优于别人，并不高贵，真正的高贵应该是优于过去的自己。"

泰坦尼克号沉没时，世界第二巨富斯特劳斯的太太罗莎莉，把自己的位置让给了她的女佣，并潇洒地脱下毛皮大衣甩给女佣："我用不到它了！"

这就是高贵，她不需要争夺什么，哪怕是最昂贵的生命！因为她的双腿受到了思想的限制，迈不开逃生的那一步，因为她的生还将意味着另个人的死亡。这种羞涩是自律是自爱是自然，更是对自己灵魂的盘点。

不是你出身贵族你就高贵了。王熙凤一直貂皮加身，雍容至极。我们读小说时，可以喜欢这个角色，也可以觉得她聪明机智，风趣可爱，有能力，但就是从没觉得她高贵。因为她每一天都在演戏，都在算计，骨子里就是一个小市民，所以贾母称她泼皮破落户。宝钗也是一样，虽端庄淑雅，号称国色天香，但你看到滴翠亭杨妃戏彩蝶一节时，就会在心里大打折扣，她可以刹住脚步细听，也可以机变做戏。当被看见时，她又故意放重脚步，一边喊着颦儿一边东张西望，一边又假作询问。这些人前背后的事也就罢了，因为她的高贵从来都不纯正。

李敖说过中国的古代没有一个像样的爱情。曹雪芹对此下的定义也只有八个字"淫邀艳约、私订偷盟"。因为每个故事都跑不出一个龙套，才子佳人一见倾心，便以身相许，丝毫没有羞涩之美，即便是有，也是扭捏作态。看过宝黛的爱情，你就知道什么是"我是你眼中的露珠，你是我生命中的叶脉，一层层包裹的爱，不需要长开，却天天都在"。正像马瑞芳老师评的那样："爱到深处永不言爱，情到深处永不言情。"这才是高贵的爱！这才是真性情的表白！

张爱玲始终是高贵的。她从没奢华过自己一分一毫的情感，每一次的付出都是真挚透明的。她可以平静地为自己的感情买单，也可以孤单地离开，但她从不周旋在几个男人中间；她可以昂着头骄傲地说，我不是戏子，拒绝那些无聊的场合，也可以在爱情的字典里低到了尘埃。虽然她后半生被阉割得七零八落，她翻译着自己不喜欢的书籍，她没时间写自己钟爱的文字，她甚至窘迫不堪。妈妈死了，她穷到没有一张机票钱，只能在信里夹上一张百元美钞；眼睛流血了，依旧要工作到深夜；两脚浮肿，也不舍得给自己买一双合适的鞋子。她要活着，她要吃饭，你能说她不高贵吗？但她从不去投靠谁，依附谁，也不敷衍苟且自己的生命。

在美国，她平静地向文艺营递上她的避难申请，其中有一条就是房子小，家具无。看到这，你不禁落泪了，曾几何时，这个贵族后裔满堂的家具，让胡兰成炫目；曾几何时她家宽敞的平台可以骑自行车。她没有魅力吗？在上海住霞飞路时，就有人日夜在楼下排队等候；在美国时，又有多少台湾的读者哭着喊着要漂洋过海，只为能见上她一面。

她走了，很平静，也很坦然。她从容地收拾好了自己的一生，与其临死时没有一双温暖的手握着，还不如索性更决绝一点，什么都不要，也不去麻烦任何一个人。这就是最后的高贵。

同时代的丁玲却是很洒脱，大胆决定同时和两个男人一起生活，在西湖边上轮流居住，一会和这个亲吻，一会和那个依偎。她要做最真实的自己，要追求着自己想要的东西。人们可以承认她的成就和辉煌，但不会觉得她比张爱玲更高贵。

记得张幼仪吗？一个"灵魂有香气"的女子，当徐志摩迫不及待地要追求个人幸福和解放时，不顾身怀六甲的她，逼着她在离婚协议上签字，她在产床上平静地写下了自己的名字。这个出身显赫，嫁妆一火车皮的女人，从没有质问过他一句，人性何在！也没有让他为自己的孩子买单。你可以一如既往地追求你的风花雪月，你可以爱了又爱。我却可以平淡如水地自立不败，默默地照顾你的父母，养育你的后代，甚至收拾你的残骸。不知道哪个更令人爱戴。

当人们看到广岛亚运会在日本结束时，六万人的会场上竟没有一张废纸，于是乎全世界开始惊呼，这是一个可怕的民族。实际他们只做了最本分的事，吃饭洗碗，如厕冲刷。我说它一点都不可怕，因为真正的可怕是一个人收拾好自己遗留的物质垃圾时，更要收拾好自己的精神垃圾。

与高贵对立的词语，不是低贱也不是平庸。因为大部分人都过着平庸的人生，但这并不妨碍我们做自己的贵族。这个世界不要求每个人都去感动中国，但同样可以羞涩自我。

生活不是一帘风月，半阕清词；不是素衣棉麻，就有出尘之美；也不是非得要家近青山，门垂松柏，才有云水之志。我倒是怀念郑念，在七十年代满大街蓝黑灰里，她依旧衣着华丽，风姿绰约。因为高贵不需要别人来下定义，只是做最忠诚的自己，羞涩而骄傲地开在自己的春天里。

《思维与智慧》2016年第4期

评鉴与感悟 ——

高贵，是因为知道什么是鄙贱。知道了鄙贱，是因为意识到了羞耻而羞涩。我们很多人很多时候，其实并不觉得需要羞耻，不会羞涩，因为，我们很多人很多时候也许还没有鄙贱的概念，因而，一般情况下，并不能真正领悟高贵的含义。贵族，是道德堡垒做屏障的高贵人群。在我们这个"土豪"横行的时代，在我们这个道德无底线的时代，在我们这个人人痛心而又人人互害的年代，阅读此文，不只是仰慕高贵，更是一种可以自省的可能。（曾强）

距 离

/冯唐

世间存在距离。

距离有许多种：月亮与地球之间，是空间上的距离；同样站在河边，也说"逝者如斯夫"，你和孔丘之间，是时间上的距离；白发如新，倾盖如故，熟悉的地方没有风景，身边的姑娘不懂爱情，人与物与我之间，是心理上的距离。

空间上和时间上的距离，可统归为物理上的距离。物理上的距离需要超越。在超越的过程中愉悦心智，在超越的尽头脱凡入圣。

物理学贵在以近知远，以易知难，以可知知不可知，超越距离。阿基米德洗澡的时候发现了浮力定律，想出了鉴定金冠真伪的方法，于是欢呼雀跃，裸奔于雅典街头。伽利略在比萨斜塔上扔了两个大小不等的铁球，人和神之间的距离在瞬间消失，他险些被教会做成意大利式烧烤。

而心理上的距离需要保持。在保持的过程中愉悦心智，在生命的尽头脱凡入圣。爱情和感情是不完全一样的。梦归梦，尘归尘，土归土，情人是要梦的，老婆是要守的。黄脸婆永远是黄脸婆，梦中情人淡罗衫子淡罗裙，总在灯火阑珊处。可是走近些，挑灯细看，灯火阑珊处的梦中情人也不过是另一个黄脸婆。

但丁足够聪明，暗恋 Beatrice 四十年，得《神曲》三篇。他从不敢让他的暗恋接受日常生活的洗礼，所以他的暗恋精细而悠长。试想但丁如果和他的暗恋结合，一个星期之后，他不会觉得Beatrice比一盘新出炉的比萨饼更诱人。

司马相如不是不够聪明，而是卓文君太好，他无法把持。文君解风情，听得出相如撩人的琴心；文君有勇气，千金身家一笑抛之，随相如私奔天涯；文君充满世俗智慧，开个小酒馆恶心娘家人，从而过上小康生活。可到头来，有好妇如文君，相如还是要逃。逃出来，便是生前身后名。

所以不要小看这段距离。它或许只是一堵墙，一个严厉的家长，一个存款的差额，或一个固有的观念。但是在这段距离里可以种植相思，可以收获汉赋唐诗宋词元曲明清小说。

所以要学会知足。春有百花秋有月，夏有凉风冬有雪，每段时光都是最好的时光。环肥燕瘦，每个女人都是最美的美人。

但是，世间又有几个敏而好学的人能学会知足？

《小品文选刊》2016年第2期

评鉴与感悟 —

文学的距离历来是抽象的，是精神的，是柏拉图式的。人与人的距离太远，没有感应和感觉。但太近，"灯火阑珊处的梦中情人也不过是另一个黄脸婆"而已。所以要不即不离，才会有但丁的《神曲》。所以要逃遁，才成就了司马相如。归根到底，人和人是有缘分的。缘分就是一段距离。知道距离，也就知道了哪些是触手可及的美。（曾强）

门风与涵养

/于丹

　　最近我刚从台湾回来，我感受很深的是他们的教养。

　　在台北一家小店，我看中了一套非常漂亮的茶具，合人民币两百多元。店主是一个胖胖的男孩，他骄傲地告诉我，这是他的团队自己设计的，获过台湾最高设计金奖。我请他给我包起来，他却认真地从里面抠出一个小茶杯说，这个杯子当摆设，设计感很强，但用来喝水会很烫，您考虑一下要不要。我遗憾地放弃了，又看中一个不到一百元的小茶海。他提醒我说，这不是台湾设计，他让我很惶惑，我说，你还要不要卖东西？他说，正因为我要卖东西，才要说清楚，否则我卖的东西烫了人，人家会说我不诚信，生意也不会长久，我是要开百年老店的。最后，我买了一把柴烧壶。我很高兴，因为我买到的是台湾最好的产品。

　　从台湾临走前我去88岁的大姨家吃饭。小舅妈七十好几了，在大姐面前像小媳妇一样毕恭毕敬；四十多岁的孙子，事业极为成功，看见奶奶下巴上粘了饭粒，会赶紧站起来给她擦掉；老人爱说车轱辘话，故事光我都听了七八遍了，孙子们听的次数总有上百遍，但他们一言不发地看着老人，一点都不打断。

　　我们总希望孩子学习高精尖的东西，但损失的是家教和门风，是做人的常识与底线。

有一次聚餐，朋友带着孩子。孩子爬上桌，像飞轮一样拼命转动菜台，什么好吃就往自己嘴里抢。我问朋友，你不管管孩子？他说，现代教育要解放天性，不能拿老一套束缚孩子。他没有想过，一个孩子最后是要进入社会的，如果漠视别人的存在，当别人的权利受到伤害的时候，他的天性能保证他一生的幸福吗？如果一个孩子没有被自己的爹妈管教，那他被社会修理的时候会付出怎样的代价？

　　所以说，好门风能教我们做人的涵养。好门风一代一代地传承，能让我们在这个迅疾变化的时代里，找到属于自己的真正的人生价值和秩序。

《文苑》2016年第1期

评鉴与感悟

　　如果把门风与涵养加起来，也许可以归纳为"教养"二字。教养，简单说，就是家庭父母长辈老师等对孩子言传身教、耳濡目染的潜移默化。教养不是知识技能，而是一种素质；不是被动，而是一种主观能动。我们都需要在这个迅疾变化的时代里，涵养自己。（曾强）

跳舞（外一篇）

/关海山

时下所有的健美娱乐运动中，跳舞应该是最古老而又最现代的形式了。远在原始社会，劳作归来的人们为了庆祝狩猎的收获，夜幕下，燃起篝火，连喊带跳——自然是没有任何章法的乱蹦乱跳，但那从内心底里散发出来的欢愉，是多么热烈和奔放；后来，伴随着社会的进步而带动的人类文明，却把舞蹈禁锢在了皇帝的三宫六院，或者富商大贾的深宅贵庭里，成了"劳心者"醉生梦死、奢侈腐化的代名词；偶有散存于民间的舞者，也多为误入风尘的女子，即为生计所迫强颜起舞的艺人，那舞虽也柔美婀娜，姿势翩翩，只是要让善良的人从中读出许多的酸楚来，如何也不能怡然而"赏"之了。因此，便想到敦煌的飞天，想到寺庙里的壁画，甚至想到春宫图的大肆渲染：那该是人们基于人性对于舞的另一种诠释，撇开艺术的名目，就多少有些悲壮的意味了。

建国之后，尤其到20世纪五六十年代，全国上下倒是处处"莺歌燕舞"，一派欣欣向荣的繁盛景象，只是，舞种稍稍单调了些，除过样板戏里不经专业训练便跳不了的舞蹈外，就只剩下"忠字舞"尚可表情达意，舒活筋骨。此舞更以集体操作见长，波澜壮阔，循环往复，但观之，不怕你不顿生千倍自信，万丈豪情。

近年来，外面舞种的引进，确实大开了国人的眼界。踢踏、帕斯、伦巴、探戈、华尔兹、太空舞、霹雳舞、迪斯科……皆有它自己独特的魅力。音乐是舞蹈的灵魂，一曲响起，再配以彩灯闪烁，立刻制造出许多似虚似实、如梦如幻的感觉，这时，置身其中，你能听见舞者心脏的跳动以及血流的澎湃。

事实上，舞厅就是一个缩小了的社会，男、女、老、幼、好、坏、强、弱，各色人等云集。在这里，有消遣娱乐的，有寻求慰藉的，有放浪寻衅的，也有心怀鬼胎的，一个个礼服正襟、衣香鬓影，却又一个个莫名其妙，不知深浅。每种舞又有各自的寓意和内涵，给人以不同的感受与调节。比如：华尔兹是属于贵人之舞，雍容典雅，且可上可下，能进能退，让人对舞者产生一种有涵养、有风度的潇洒感觉；慢四则含情脉脉，心旌摇曳，让人如置身幻梦之中，别有一番深长的滋味；迪斯科、霹雳舞是年轻人的专利，那强烈的节奏、粗犷的动作，既生动又滑润，即专横又协调，给人一刹那原始野性生命的震撼；交谊舞的历史最悠久，拥有的痴爱者也最广大，而它总是有意无意地最大限度把人卡在满足与不满足之间，让参与者心猿意马但又不能跨越雷池一步；太空舞飘忽流畅，惟妙惟肖，动作看起来似乎支离破碎，实际上非常自然有机、脉贯气通，犹如醉拳，虚实相映，连绵和谐，东倒西歪的一招一式中，都潜伏着极大的道理；被称为"有礼貌的淫荡"的探戈舞，若仔细观察，那舞步中永远昭示着微微的凄凉与迷惘，以及半推半就的放纵和暧昧。这跟它的起源有关。19世纪80年代，阿根廷布宜诺斯艾利斯外来移民区的好事者把西班牙和非洲的音乐进行糅合，创造出节奏里含有性爱且近乎神经质味道的特殊曲调，它最足以诱惑人心的是，曲调似乎随时濒临爆裂的边缘。就连阿根廷当红的职业舞蹈家卡洛斯也说："……每当我和一位女士跳舞的时候，我总觉得自己已经和对方融为一体，这又会令我产生出美妙的焦急感。"——是的，面对欲望的驱使，谁都不失为有血有肉的凡胎俗体。

因此，舞厅中便时有绯闻不胫而走，迅速传遍大街小巷，搅扰着无数本分的家庭。近来，由于种种理由，又逐渐出现了许多天生丽质打扮新潮的伴舞女郎，或称伴舞小姐。她们不时地在人前人后"巧笑倩兮，美目盼兮"，优雅地捕捉着来自客人的各种信息。当你的目光被她所吸引，要么送你一个迷人的微笑，要么抛给你一个勾魂的眼波，这时候，只要你没有明确的拒绝，她们就会轻盈地走过来，小鸟依人般坐在你的身边，陪你聊，陪你跳，让你暂时忘掉烦恼。"心旷神怡，宠辱皆忘……其喜洋洋者矣。"当然啦，夜深人静互道再见时，"浮生长恨欢娱少，肯爱千金轻一笑"，面对如此冰肌玉骨又善解人意的年轻异性，缕缕欠债的内疚与超然的豪气自你心底升起，此情此景下，唯有慷慨倾囊方能以酬佳人呀！然而，没有不透风的墙，潇洒得多了，一旦被"贱内"从你奕奕的神采中读出她的危机来，她就要对你采取果断严厉的防患措施，以免你被"小妖精"的巫术所迷惑而不能自拔。并且，从此再有舞会之类的外事活动，她一律大包大揽亦步亦趋地前往护驾，献上过分的殷勤。旋转的人群中，只要是她会走的舞步，她就定然要一曲接一曲不辞辛苦地陪你蹦到曲终人散，免得你再苦心孤诣去找别的舞伴；如果她不会跳舞，则要坐在一旁杏目怒睁虎视眈眈地遥控你绝不允许有固定的舞伴，必须跳一轮换一个。——可怜天下妻子心，把幼稚单纯的你孤独地扔在复杂的社会，她们怎么能了无挂碍高枕无忧呢？

只是，所有的舞种都不会因此而遭灭绝的，并且大有派生、蔓延、发扬、创新、光大之势。事实上，有人愿做干柴，有人愿做烈火，跳舞不过是一介被利用了的工具。羌笛何须怨杨柳。"如果有人在里面发现色情趣味，那是自己存心不良。"——要知道，这可是张爱玲女士在半个世纪前就说的话了。

热闹

已经许多年了。那时候刚参加完高考，十年磨剑，十年寒窗，聚集成这一次全心力的冲刺。考好考坏姑且不去管它，反正写完了考卷上的最后一个字，走出考场，太阳也比以往的暖，天空也比以往的蓝，街上的陌生人一个个也都比以往和蔼可亲了很多。做几次扩胸运动，长长地出口气，放肆地跳起来摸一摸街边垂下来的柳树枝条。这下好了，可以暂时有段长时间不再去和老师捉迷藏，不再在父母的虎视眈眈下夜点明灯下苦心，不再连睡梦中喊出的呓语也叽里咕噜的汉英夹杂——多年来忠心耿耿地陪伴着我的课本、练习册一下子不再重要了，完全可以随心所欲地把它们作为礼物送给邻居的小弟小妹，也可以毫无顾忌地把它们扔掉或者当废纸卖掉。我相信，那一时刻的突然放松、愉悦和复杂，绝对是人的一生中也难有几次堪与比拟的。

随之而来的便是空虚。过惯了紧张的生活，猛然间没有了压力，没有了确定的目标，没有了老师或父母站在身侧的监督和逼视，还真叫人手足无措。因为挂念着考试的结果，焦急？渴盼？担心？祈愿？说不上是一种什么样的心情，总之，拖得人懒洋洋的，根本产生不了出去玩耍或者享受什么的欲望。那就上街走走吧，随处看看也好，散散心，省得一个人坐在家里闷出病来。

独自在街上漫无目的地溜达着，无所事事，干脆哪儿人多，哪儿热闹，就往哪儿挤。卖药的，耍猴的，算命的，下棋的，练气功的，推销减价货物的……全都成了我光顾的佳处。听着四面八方的话语，看着形形色色的人物，"你在桥上看风景，看风景的人在楼上看你"，欣赏与平衡中，积少成多，脑子里便装下了许多津津有味的故事，充实和成熟着我懵懂的年龄。

大街就是一个浓缩了的人生舞台，生、旦、净、末、丑，皆尽情地表演；而热闹就是短小精悍的小品，深邃的哲理蕴藏其中，给人以启迪和思考。

耍猴的围观者最多。一阵锣声响过，披红挂绿的猴子便一蹦一跳地来到观众面前，眨眨眼睛，嘟囔嘴巴，接着，惟妙惟肖地模仿着人的动作去拉车，吸烟，翻筋斗，做游戏，遵照其主人的指挥，去完成各种规定的动作，它会因为馋嘴和猫打架，也能与狗联合起来共同对付主人分配的任务，抽空还要对围观的人群挤眉弄眼抛去一个飞吻。于是，大家全都开心地笑了，前仰后合，抑扬顿挫。观察着忘乎所以的人们，我突然心中感到纳闷：面对如此聪明而灵活的猴子，谁能知道到底是人在耍它，还是它在耍人？说不定主人把它关了一天，这会儿它正心情郁闷浑身烦躁想出来撒撒野，逗个乐呢！下棋者闹中求静处之泰然，亦步亦趋步步紧逼，一招一式丝丝入扣，颇有大隐隐于市的超然风度。然而，河、汉对垒，将、帅争命，棋盘上血光剑影，危机四伏，"银瓶乍破水浆迸，铁骑突出刀枪鸣"，看似宁静、超然的沉默中，其硝烟弥漫排山倒海之势，却一点儿也不亚于电视连续剧《三国演义》开片的大场面。要不，对面弈者的全身已被汗水湿透，为啥头上青筋爆裂眉头紧皱，两眼怒逼棋盘，手上的大蒲扇"呼哧呼哧"地只管掀动旁边卖雪糕姑娘的超短裙？有时运气好了可以看到"街头散打"比赛，这在当年可是常事——自然没有什么大不了的缘由，和许多庸俗的武打影片一样，为打而打而已。素不相识的两个人，因为芝麻小事口角起来，精彩的对白很快引来了众多的"知音"围观助威，就有一方觉着面子下不来，遂施展拳脚证明自己的存在。得胜一方趾高气扬凯旋回师，被教训者站起身拍拍衣服上的灰土，骂一句"妈妈的，老子先前比你……"大概也不觉吃了多大的亏；卖减价服装的挺有意思，我每天观看都学习无数次了，总是相同款式大致颜色的那几件衣服，每一天都是"最后一天清仓跳楼大甩卖"，可总有人从人腿的森林中钻到前面转身抱出好几件来，笑眯眯弥勒佛一般，就像走在街上捡了个大元宝；顶叫人不理解的是卖耗子药的，哑着嗓子唾液飞溅指手画脚地向过往行人信誓旦旦："……祖传秘方，一粒见效。大老鼠吃了蹦三蹦，小老鼠吃了瞪三瞪！"可让人不理解的是，他说话归说话，为什么老要使劲地拍打自己的胸脯呢？"嘭嘭嘭"地让人听了浑身长鸡皮疙瘩。我真想靠前去告他一声，钱挣多挣少无关紧要，那胸脯可是自己的，又不是去拍玛丽莲·梦露？……但终于没那胆量。据宣传他的药功效那么大，我怕他着急了不等我说完，就会免费往我嘴里塞进一包！

近些年，工作，家务，孩子，朋友，职称，买房……杂事一多，也就再没有机会温习昔日闲时里培养、滋长的特别爱好了。不过，现在的人们每天都在忙忙碌碌地埋头奔波，寻找时机实现自身价值，似乎即使有"热"也难"闹"起来，不值得再削尖脑袋去套近乎凑份子了。这当然是正常的。人生大舞台嘛，每个人都要拼力扮好自己的角色，干吗老要有人不负责任客串去做闲适的观众呢？

《小品文选刊》2016年第9期

社会有病吗？社会没病。有病的，永远是不能自制的我们自己，譬如跳舞。本来欢愉，本来消遣，本来闲散，但跳着跳着就变味了。于是目光锐利的张爱玲就说："如果有人在里面发现色情趣味，那是自己存心不良。"再比如热闹。国民多有没事看热闹之传统习性。狗打架，人吵闹，等等，每每有事，皆围观者众，看戏一般，热而且闹。但这篇文章惊醒我们，社会每个人都是演员，都有自己需扮演好的角色，为什么要不负责任客串闲适的观众呢？大概，我们习惯偷闲；或者，还是因为闲得蛋痛。（曾强）

换个眼光看私塾

/古耜

对于旧式儿童教育，作为亲历者的鲁迅，虽曾有过辛辣的嘲讽和严厉的抨击，但一种无法切割的文化血缘，还是让其内心深处保留了若干温馨与眷恋。关于这点，我们只要细读先生的某些作品，如《从百草园到三味书屋》《怀旧》等，便不难有所体悟。正是基于这样的情感储存，1933年夏日，鲁迅看到报端有人谈论当年私塾中使用的描红口诀时，不禁浮想联翩，泚笔呼吁："倘有人作一部历史，将中国历来教育儿童的方法，用书，作一个明确的记录，给人明白我们的古人以至我们，是怎样的被熏陶下来的，则其功德，当不在禹下。"

文苑名家王充闾先生，出生于鲁迅逝世的前一年。在他的少年时代，学校体制早已确立。他原本应该和许多同龄人一样，背起书包上学校，坐进教室听新知。然而，命运赐予他的一方故土，偏偏环境荒僻，土匪横行，阻碍了学校的兴办。为此，年幼的他，只好结结实实地读了八年私塾，成了和鲁迅一样的旧式儿童教育的亲历者。按说，在实际生活中，充闾这段机缘错位的私塾生活，未必没有寂寞与苦涩，然而，六十多年过去，当他以一卷散文《青灯有味忆儿时》（现代出版社出版），作"朝花夕拾"时，当年的诸般场景因时光的淘洗和过滤而滋蔓出隽永的诗意；更重要的是，这场景中原本承载的更深一层的精神内涵和文化密码，亦在日趋成熟的时代意识的烛照下，得以清晰呈现。所有这些正暗合了鲁迅当年希望关注儿童教育史的呼吁，从而成就了一桩有功德的事情。

旧时的私塾什么样？它怎么教而又怎么学？对此，一些小说和影视作品，曾有过具体形象的揭示。而这一切到了充闾笔下，除依旧保持了鲜活的形象与细节之外，又增加了若干从经验出发的纪实性与系统性。于是，我们看到了一系列不乏教科书意味的私塾景观——"我"进入私塾前，已经熟读《三字经》《百家姓》，具备了最初的识字和阅读能力。塾师则从《千字文》开讲，继而是以《论语》为起点的"四书"，是《诗经》。接下来依次是《史记》《左传》《庄子》，然后是诸子百家、唐诗宋词、《古文观止》……以上是"我"读私塾的基本内容和大致程序。而要把这些内容一一装进大脑，滋益自身的修养与资质，还必须遵循一定的方法和路径。依"我"的体验，其要点凡三：一是"详训诂，明句读"，弄通《说文解字》，夯实"小学"基础；二是重视对句和背诵，在"涵泳"和体悟中练就童子功；三是勤动笔，多作文，发散情思，疏通理路，远离"郁塞"。当然，成功的私塾教育也需要良好的"塾"外环境。在这方面，充闾写了父亲作为"草根诗人"对自己的耳濡目染，魔怔叔化身"博物学家"对自己的言传身教，特别是写了"我"因为不曾背负"父母不切实际的过高过强的期望"而获得的童心童趣的任意飞翔和自由发展。

毋庸讳言，从内容和体系着眼，传统的私塾教育存在明显的缺憾。譬如，某些观念僵化保守，有的知识繁琐机械，而自然科学则严重缺位。唯其如此，在我看来，进入现代的中国，毅然割弃私塾教育，自有其历史的必然性。然而，同样必须看到的是，以往这种割弃是掺杂了匆忙、粗疏与绝对的。正像人们通常所说的，是在泼掉脏水的同时也泼掉了婴儿。事实上，源远流长的私塾教育包含了若干我们迄今也未必完全意识到的价值与奥妙，很需要重新辨识、认真发掘和深入总结。

不妨以私塾教育一向看重的"小学"为例。它所专注的文字学、训诂学和音韵学，既是汉语精致表达以及健康发展的坚实基础，又是中华文化博大精深的重要体现。传授和掌握这些学问，无疑具有强基固本，提纲挈领、事半功倍的效应。而近年来中文领域出现的一些快餐化、无序化和粗鄙化现象，显然与这些学问的边缘化和被冷落不无关系。私塾教育格外看重的对句训练，同样意义深远，具备这种能力，不仅有益于强化文章的修辞与节奏之美，而且最终关系到发挥汉语的特性与优长。记得余光中在谈到翻译王尔德喜剧的感受时，曾以其惯常的幽默写道："有些地方碰巧，我的译文也会胜过他的原文……例如对仗，英文根本比不上中文。在这种地方，原文不如译文，不是王尔德不如我，而是他捞过了界，竟以英文的弱点来碰中文的强势。"这番话说的正是此中情形。至于塾师力主的"熟读成诵"，更是浓缩并体现了古人的经验与智慧：一方面它在视觉（阅读）之外复调动听觉（朗读），眼睛与耳朵同时发力，自然会提升诗文作品入脑入心的效率。另一方面它亦暗合了人的成长规律。正如充闾日后所悟："十二三岁之前，人的记忆能力是最发达的，尔后，随着理解力的增强，记忆能力便逐渐减退。因而，必须趁着记忆的黄金时段，把需要终生牢记的内容记下来。"即所谓"早岁读书无甚解，晚年省事有奇功"。（苏辙）

当然，私塾教育最值得关注和深思的一点，还在于它的基本教材或曰核心内容，是中国传统文化的经典文本。这些文本因为历史、地理、语言、思维等原因，构成了中华民族的文化基因。而这种基因的强弱有无，不仅影响着生命个体的精神风貌，而且在很大程度上决定了一个民族的原发性创造力。回望私塾教育，也许有助于我们审视民族文化基因的培养，而这仍是摆在现代国人面前的重要任务。

《人民日报》2016年8月22日

评鉴与感悟

我们都怀恋中华传统文化，仰慕经典学问。但其学从何来，问有何向？这篇文章给出了一个重要回答：私塾教育。存在的，必然有其存在的意义和价值。作为数千年来中华文化的传承载体，私塾还具有深层的文化内涵和文化密码，尤其对儿童启蒙教育具有耳濡目染和言传身教的特殊功效，还能使孩子"获得童心童趣的任意飞翔和自由发展"。虽然私塾陈旧，但私塾教育是传道，现代教育重在传术。术可学而道难求。因而我们都可能因此而呼喊：向往私塾！（曾强）

一言不合就建群

/韩大茹

以前读中学的时候，大家都用QQ。那个时候我特别想建一个群，朋友们可以聚在一起聊天，把寝室的深夜卧谈移到网络上，随时随地都可以聊，不限时间不限地点，想想就觉得很爽！

可是QQ建群是有条件的，要么得有会员，要么QQ等级有一个太阳以上。那时穷，舍不得花钱，只好天天挂QQ，升等级。当QQ等级终于升到太阳后，发现已经没了建群的想法了！因为我快毕业了，该为工作发愁了！

如今微信普及了，建群十分方便。一两秒就能建一个群，且建群数量不受限制，大家都是一言不合就建群。

一起出去玩，拍了照片，想要共享，就建个群。一起跑步，一起骑行的，建个群。一起吃早餐的，建个群。喜欢看美剧的，建个群。临时想邀三五个好友聊一聊热播剧，建个群。

稍数了一下，我起码进了四五十个群。有的群从开建的那天，就誓要把群员的手机炸成陀螺，稍不注意就是几千条消息。有的群也就刚建的时候有人嘀咕过几句，之后沉入茫茫的信息海底，以至于所有的群员都找不到它在哪，也可能记不起它的存在。

有的人建群有瘾，毕竟稍微动下手指，就能组织起一个规模庞大的团体，可以抱团取暖，纵情高歌，比现实中高效方便多了。所以，但凡有个建群的理由，就开始拿出手机拉人了。

所以我总是莫名其妙地被拉进各色群里。就像你走在路上，突然一群人跑过来，把你拽到球场上，给你套上球衣、大裤头，扔个篮球给你，你就得跟着他们跑起来，折腾得筋疲力尽，才出球场。你又被另一拨人拽到一个烟雾缭绕的舞台，给你套上花枝招展的戏服，架好话筒，就示意你该唱歌了。

这些都不需要征求你的同意，也不给你切换的准备。而且翻一下群名单，都是熟人，还不好意思发火，挺招人烦的！

当然，并不是所有建群者都是一时脑热，起码在拉人的时候他们还是有规划的：这个群聊文学的，那个群聊做菜的，另外一个群是分享资源的。想法是好的，结果却是不可控的。

大部分群发展到最后都是用来扯淡的。广告与口水横飞，动图共红包一色。毕竟这才是如今网络环境下群体生活的常态。

每个群里能扯能唠叨的，总是少数的几个人，他们贡献了整个群九成九的活跃度。这也符合现实生活的规律，大部分的话是从少数人的口中讲出来的。

大部分人刚进入群时，还有融入群体的念头，他们守在屏幕前关注着别人的聊天内容，寻找可以进入话题的契机。终于等到可以接的话题了，喜出望外，赶快组织语言，讲一个自己经历的故事，或者在网上看到的段子，刚一发出去，就迅速被别人的消息刷屏了，没有人认识你，就少有人会搭你的腔。你兴致满满地捧出你的热忱，却得不到任何人的回应。

许多新人尝试性地发几条默默无闻的消息后，觉得自讨没趣，只好再次潜入水底，有时间的时候点开看看，欣赏一下活跃者的风采。群活跃者在某种意义上，给群聊加了隐性的门槛。新人如果没有足够的耐心和一定的个人魅力，很难融入群聊中，找到可以维系下去的乐趣。于是群聊很容易就成为了少数人的舞台。

大部分群中，妹子都是其中的稀缺资源，跪舔者众。一旦有冒犯者出现，必是群起讨伐之。

大多群都是僧多粥少，于是妹子多的群就备受追捧。妹子数量成为不少群吸引人的关键词，就像房地产广告中的"双地铁"和"三面环湖"一样。

为了提高群的核心竞争力，很多群主只拉妹子，对汉子都是爱理不理。有的汉子不依不饶，费了九牛二虎之力打动了群主，允许进群后，还必须发几个一定额度的红包，否则屁股还没坐热，就要被撵出去，想想也着实可怜。男女不平等，真是处处都有体现。

有人说，群聊太浪费时间了，大多都是垃圾信息，少有深度的内容。我觉得这种想法挺搞笑。群聊本来就是大家唠嗑的地方，相当以前的茶馆，大家坐在一起喝喝茶，聊聊家长里短。谁说它需要承载提供深度内容的使命了，你要看有价值的东西，你去图书馆啊。

就像著名主持人蔡康永说过：想在电视里找深度的人，大概搞错意思了。深度无捷径，只能自身学习思考养成，你把账赖给电视，真是耽误了自己。

电视是这样，群聊也是这样。这本是一个放松的地方，找什么深度啊。你板着个脸说这不行那不行，这个话多，那个净发些没营养的，就像去个游泳馆，非要指责别人衣服穿得少，那不是搞笑吗？

不要尝试在群里寻找意义，放松才是群聊最大的意义。

现在大家自我意识觉醒，没有特别的事，去打开别人私聊窗口扯上一通，很有可能会引发反感。一者是，不见得谁都有时间听你发一通莫须有的牢骚。二者是，别人可能会想，你跟我讲这些，背后的意思是什么。

可是明明没有什么特别的含义好吗？

于是我们发现，自己虽然加了几百好友，能够随时拽出来聊天的并没有几个。这个时候你才会发现群聊的意义，一大伙人总会有人跟你一样闲得慌，有时间。而且你在群里开启一段唠叨，并没有人会觉得你有病，就像你在游泳馆穿上三点式一样，有什么不对？

所以群聊最有意思的地方是，你闷了一肚子的牢骚无处发泄的时候，这里可以给你提供一个舞台，让你尽情释放，还会有一帮朋友嗑着瓜子看你摇摆，不时还会有人上来跟你共舞。你的舞步怎么魔性都没有问题，只要跟随你的内心，只要不踩着别人的脚就好。

当然这也算某种理想状态，并不是所有的群都有这样一些温暖的观众，也并不是所有人都能在一个彼此弱关联的团体中待得长久。毕竟再好的社交工具，最后的落脚点还是人。在如今这个压力如此之大的社会，有这样一个群也是一笔财富。

虽然大家都是一言不合就建群，你也经常毫无防备地被拉进一些莫名其妙的群中，既然无法避免，那就躺下来享受吧。我还是希望你有这样一个温暖的群，它可以成为让你内心肆意徜徉的后花园。

《意林》2016年第7期

评鉴与感悟 ——

很有时代感的一篇文章。在微信建群满天飞的年代，为什么建群，如何入群，进群干什么，等等，是每个人都可能或不得不面临的，也可能是比较纠结的问题。韩大茄《一言不合就建群》告诉我们，有群是财富，安然入群，尽情释放，坦然享受，肆意徜徉。（曾强）

回 门

/王兴德

在大同，男方主持完婚宴，女方还要办回门宴。

回门喜宴是别具意义的。过去姑娘深居闺阁，从未离开过父母，一出嫁必然会十分想念父母，回门看望二老乃是人之常情，同时也表达了"成家不忘娘"的含义。而新婚随同前去拜见岳父岳母，这也就意味着新婚去拜谢岳父、岳母，不仅能借以沟通两家人之间的感情，还向他们表达了感激之情。同时，二人同去还能展示夫妻间的甜蜜恩爱，幸福和睦。

娘家人把新娘和新女婿隆重热烈地接回家，再大办一场喜宴，一来让女家的亲朋好友看看女婿，二来让女婿认识一下岳父岳母家的长辈、平辈等全家大小和亲戚朋友，大同人谓之回门。过去，娶亲的第二天按女方说叫"圆饭"，按男方说叫"认大小"，到第三天才回门。现在圆饭的仪式不搞了，人们已经把回门的喜宴定在了第二天。

回门是婚礼过程中必不可少的礼节。新娘的父母心里非常重视回门，因此新郎事先无论是思想上还是礼品上都要有所准备，争取给岳父岳母留下愉快的好印象。

大同人回门，虽没有娶亲时隆重热烈，但也必须有些排场。过去回门，新娘坐八抬八棱花轿，新郎坐四抬绿官轿。新郎到岳丈家，也有伴郎和几位男女随从。这一行数人到了女方家，当然也是受到女方的优礼款待，先上茶和点心，后坐席。女婿到岳丈家，被称为"姑爷"，第一的贵人，当然坐席时要坐首席和正席。正面二席位，空一席，新娘回门之日不入席。新郎新娘回门时，最低也得坐蓝官轿，姑爷和女儿一到门口，娘家人和亲朋悉数出迎，被迎接的人陆续进院入室，而姑爷新娘却又被小孩子们、小舅子们、朋友、同学在大门上拦住要这要那。到了家门跟前更是被要东要西，不给进不去，大家也一样出点子、设法子耍笑他们，反正糖块儿、烟卷儿少了，他们根本进不了家。现在，时代变了，娶亲男方派车派人来接，回门女方也一样派车派人去接，其气派和隆重并不亚于娶亲。当然，这要看女方的家境、地位、人气。家境好的，一去十多辆车，排成一个车队，家境差的，也要去五六辆车，让人看上去不寒碜。婚车也要像娶亲一样布花，挂红气球，为回门增添喜庆的气氛。

接新人的一般是新娘的姐夫、妹妹和同学，也是一路的鸣鞭响炮。不过，新郎陪新娘回门，要带的东西不多，也就是给娘家一份礼品，但礼品挺昂贵的。但是，新郎新娘的装束却是马虎不得。新娘仍要化妆打扮，而新郎今日唱主角，更得刻意修饰一番。一般情况下，新郎穿一身得体的西装，红色的领带，尖尖的黑皮鞋要油光可鉴。

陪新郎新娘回门的有伴郎，新郎的弟弟、妹妹，还有同学，这些人是为了照应新郎，协助和保护新郎。所谓协助，就是协助新郎认识新娘的亲戚完成一些必须的规程，帮助他打破初次进妻家门的羞涩和不自然。因为回门时的新郎和新当选的领导一样，备受众人关注，属于焦点人物，稍微不妥就会有人说三道四。通过陪人的指点，这个第一次在妻家户族里露脸的新郎会做得洒脱一点，大气一点。所谓保护，是因为大同这地方有耍新女婿的习俗，有过亲身经历的人能够明保暗护，防止开玩笑的人搞恶作剧。

陪客中还有一人是侄辈的孩童，象征新人日后也是这样拖儿带女，人丁兴旺。车到了新娘家附近，新郎和随从就停止不前了。鞭炮响过，算是给女方家报了信，新娘就会下车，拉上压车的孩童往家走，走的样子是急切的，以示新娘对家人的思念。紧接着，就会有新娘的同辈弟兄出去接新郎。新郎一般也有意不下车。为什么？新郎要等岳父母给帽子钱。20世纪70年代，帽子钱通常是20多元，现在人们生活富裕了，大多人家要给到千元。这也就是说，你要了通心长命钱，我要了帽子钱，也算是扯平了吧。

新郎进门和新娘进门一样，也是不容易的。娘家的同辈和小一辈给新郎设了许多关口，过哪一道关都得发喜烟、喜糖和红包。当然，红包里的钱不多，也就是意思意思。新郎进家，大多已是大汗淋漓了。这时，小姨子、外甥女们就会端过一盆热水，让新郎擦把脸。自然，新郎又得给一份喜钱。

这一天，是女方家大宴宾客的时候。四面八方涌来的亲戚、朋友，除了来喝喜酒，还为了一睹新郎的风采。当然，新郎、伴郎和随从一行数人也会受到女方家的优礼款待。女方先让客人喝一杯茶水，抽一支烟，吃点儿零食水果之类，之后便坐席。姑爷在那一天是很尊贵的，他是第一的贵人，自然要坐首席和正面。正面另空一席位给新娘，但新娘是不入席的。而陪客也是新娘弟兄中间的头脸人物。上了第三道菜后，厨师和端盘人还要给新郎道喜。当端盘子的喊："厨工老师傅给新姑爷道喜了！"新郎就得赶紧掏红包，给赏钱。

回门的喜宴自然也是要敬酒的。不过，结婚敬酒的主角是新娘，而回门敬酒的主角则是新郎。一般是先给岳父母一桌敬，新郎亲热地叫上一声"爸""妈"，岳父母就会乐颠颠地接过来，岳父母一般不给新郎出难题，不会耍笑新郎。其他桌就不同了，和结婚的喜宴一样，客人们会变着法儿耍笑新郎，让新郎出丑，而他们却笑得前仰后合，有的甚至笑岔了气，笑弯了腰。

《小品文选刊》2016年第6期

评鉴与感悟

民俗在国民心目中具有特别的意义。结婚回门，作为人生重要的一道门槛，自然各地风情有异，讲究多多。而一般的，都重在成家的喜庆和初离家门的念想。这篇文章，展示出地域民俗的别种情调，饶有趣味。（曾强）

"长牙"的分数

/曾强

我最珍视高三时的一个日记本。

其实，这本日记也不算多特别。64开本，红塑料皮，正中开窗塑封镶嵌着一个青春美少女，清纯而美丽的样子。这是上世纪80年代中期最典型而时髦的笔记本式样。不同的是，扉页上记着一句话：奖给学习进步者。我清楚地记得，字，是物理教师兼班主任用软笔蘸蓝墨水写的，潇洒漂亮，刚劲有力，最下面还写着学校名，并盖着红彤彤的公章。日记中，当然记着许多隐秘的心思和情绪，但这些，只是骚动青春的一缕轻风，早已飘散；还记着，我曾经的一些决心和誓言，也如天真幼稚的童语，不留一点印象；不用翻也时时能浮现在眼前的，是日记本最后一页上的一组组数字。

这组数字不是别的，是我高三时每次考试的实际分数，以及我预期的分数。

高中二年级，我的数学成绩突然大幅度下滑。那时，数学课换了一位刚上岗的青年教师，也许是方法不适应，也许是我脑子灌了水，总之，成绩很不理想。第一次测试，我只得到了可怜巴巴的36分。这是我从来想都没有想过的低分数。老师宣读到我这个成绩的时候，我觉得班里所有人的目光就像注入了惊讶、蔑视和嘲笑的射钉，纷纷向我打来，我一下就蒙

140

了，几乎要找个地缝儿钻进去。

即便如此，我当时完全不认为自己有这么差，反而偏执逆反地以为，这是老师跟我过不去，看我不顺眼，存心收拾我。比如，有的题我的算式对了，过程却简写了，得数因为粗心算错了，老师"喳喳"，一个大红叉，就判整道题都错了。高考也不是这样判分的吧？我心里特不服，但也无力改变这种蒙羞局面。以至于拗劲儿上来，我几乎完全放弃了听数学课。课堂上明目张胆写小说，写诗歌。这样较劲的结果是，我的数学成绩越来越糟，竟然离奇地跌倒了个位数的9分，7分……我成了全年级最令人瞩目的可笑的"打狼人"。

一年倏然而过。进入高三，屈指算算，没几个月就要高考了。突然，我产生一种强烈的危机感：这样的成绩能保证我脱掉"农皮"吗？

我的根在"面朝黄土背朝天"的贫困农村。绝大多数农村人要想改变命运，当年只有考学一途。我上面二哥、姐姐已经考取了大学，有榜样，有对比，也有激励。我，能当家族的孬种吗？能叫别人看不起吗？能不考上一所学校吗？

不，不能！

我赌咒发誓，即使考不上大学，也必须要考上一所能得到"铁饭碗"的中专！

但光凭嘴上"常立志"，是起不到任何作用的。天上没有随便掉下来的馅饼。任何回报必然要相应甚至加倍地付出。我完全清楚，必须心中"长牙"，持久、坚毅、奋发努力地学习学习再学习，奋力赶超，才可能实现心中的梦想。

也恰好在此时，学校给我们换了一位老教师教数学课。老教师耐心细致，循循善诱，因材施教，我很喜欢听他条分缕析的讲课。我开始狠下功夫，刻苦钻研，不耻下问。不久再考试，我的成绩大幅度跃升，震惊了整个班级，也就得到了这个以学校名义嘉奖的小小笔记本。

得到这个笔记本，我并不用来记笔记，而是记日记。不光记日记，更重要的，是在笔记本最后一页，抄下我的这次考试一门门功课的成绩。光记录成绩不过只是记下了曾经经历的耻辱历史，我又在每门成绩下，赫然定出下次考试应达到的目标，增1分、3分，或增5分、10分，根据自己实际，一门门功课，一项项比对找差距，一点点提高夯基础，一步步赶超胜自己。

是的，我不求超越哪个学霸，只希望能不断超越自己。我深深记得老子《道德经》的话，"自胜者，强"。我还把蒲松龄的对联铭刻在心上："有志者事竟成，破釜沉舟，百二秦关终属楚；苦心人天不负，卧薪尝胆，三千越甲可吞吴。"

那真是个没有白天黑夜的发愤图强的一年。

果不其然，在1986年"千军万马过独木桥"的应届高考，我竟然成为学校最黑的黑马，一下就考中了！

……

一晃，将近三十年过去了。当初那个红皮日记本，现在安静地躺在我的书柜深处，成了尘封的历史。只记得，女儿读高中时，为说服她自觉、积极、上进，我才给她拿出来看过。时光荏苒，女儿也快大学毕业了，我再没有看过那个日记本。

但奇怪的是，这个日记本直到现在似乎一直在我的脑海，被经常擦拭得干干净净，闪亮、发光。也似乎，从高三那年起，那一组组分数，俨然像一点点长出的牙齿，坚硬地生长在我的心中，牢牢地支撑着我，告诫我必须时刻积极努力，敢于负重担当，不断超越自己。

因为我明白，我本庸人，如果说，工作事业和文学艺术哪里能取得一点成绩的话，不是别的，就凭这长牙的分数，更凭这长牙的心志！

评鉴与感悟

每个人都可能有失落、挫折或失败的时候，如何面对？这篇文章告诉我们，失落不怕，遭遇挫折也正常，但失败也可能就是成功之母。凡事不可能一帆风顺。心中长牙，勤奋，毅力，努力，才能负重担当，才能不断超越自己，才能逐步走向成功。让分数长牙，让心志长牙，一步一个脚印，人生就会精彩。（新地）

隙　地

/凸凹

　　庭院除打一大块水泥地外，尚留一方土质的隙地。好处有二：院落若皆灌以水泥，渗透性便差，夏日会奇热，人受不了，留以土地，便无此虞，为好之一；土地打破水泥地之刻板灰沉，既可协调环境，又可莳花弄草，怡人性情，为好之二。

　　隙地留下之后，自然要植一些细草杂花，然仍余偌大空间，便细虑派何用场为上。

　　我说植竹最佳，"宁可食无肉，不可居无竹。"受苏老夫子影响，是显然的。妻不以为然，说两竿瘦竹迎风，景象萧瑟。

　　我说，否，竹繁衍极快，数竿毛竹，不过二三年便成竹林，届时，秀竹扶疏，月下弄影，美人儿雅趣，岂不浪漫哉！

　　妻一笑，无美人。

　　便速答曰，夫人正为一大美人，美目如潭，香靥如花，无人可比矣。

　　夫人确系一美人，素日伊自家也觉得；我之赞美，便不虚诞，伊便极欣然。允曰，就依你。

　　找到园工，园工说，时已夏令，植竹不宜，待明年吧。

　　便极扫人兴味。

　　又忖数日，妻说，何不搭一棚架，栽两蔓葡萄，到时，银须纤然，果

143

串垂紫，风清气馥，既可美啖，又可赏景，妙不可言。

便拍手称好，夸妻好聪慧。

然棚架搭起来，却远非想的那般容易，得求人定打一些水泥桩，到货栈去买两捆竹竿，先就费不小的一笔钱；待料配齐，栽桩扎搁，功夫颇繁。我乃一介书生，妻乃一个小妇人，可做得来吗？于是，未曾动手，心性先怯。再看葡萄幼秧，更是感慨系之：若想令葡萄满架，浓荫匝地，非二三年光景不可得，这是漫长的一个期待啊！

便不可轻易栽葡萄。

于是，面对一块上好的隙地，竟生了几多愁怍。

隙地啊，隙地，到底怎么处置你好呢？！

正此时，父亲从山里来，便将事由讲与他听。

父亲一笑，说，栽两株桃吧，既省事又好活又实用。

我一怔，说，栽桃，不是没想过，但成吗？

父亲说，有什么不成？不就是一块空地吗？不浪费掉，栽什么还不都一样？

晚上，睡不着，便想：父亲说得极本质；其实，我们刻意追求一些什么，无非是怕人说俗。我们很注重一些观念，而父亲却绝少顾忌。就让他种他的桃吧。

父亲便栽了两株桃。

有朋自远方来，见了那两株桃，讶然对我说，凸凹先生，作甚弄株俗亵的毛桃，何不植一片修竹或牵一棚藤萝呢？

我欲说还羞。妻却抢答曰：

正是，但老爷子执意要栽桃，又怎么好违逆呢？

友人便说，也好，也好。

《北京日报》2016年6月23日

文章写得闲适、哲理，意趣盎然。地"隙"，但心不能"隙"，于是就有了如何"填空"的种种选择。这其实是人生一道道选择题，令人身不由己，欲罢不能。诚然，面对"隙地"，每个人有每个人的选择，问题在于"附庸风雅"往往是人性中难以剔除的因子，于是文章在寓言式的构架中，添了一种"揶揄"的无奈与幽默意味。（于立强）

品物篇

月光白

/静子

茶的名字，大多很美，富有诗意，如碧螺春、铁观音等。自然，也不乏质朴的，像近年直接取地名命名的，虽名不见经传，其本身却有了相当的历史沉淀，甚至是传奇故事，其厚重的意蕴和古朴中的质朴，便多了些《诗经》的韵味，同样很美。

月光白之美，也不例外。

第一次听到月光白，我还以为是白茶的一种，霎时脑海便涌来潇潇竹林，翠意盎然，似乎感觉到了清凉沁人的丝丝竹风，竹韵幽幽，包围着、熏陶着静谧的茶园。倘若转换一下场景，从明媚的阳光到静静流淌的清辉，如水似霜，轻洒在年轻的翠竹、古老的茶树上，将枝叶染白，那景致是何等的美妙？

然而却不是，这让我很讶然，就像第一次听说紫芽一样，除了感慨造化的神奇，就是惊叹茶人最初发现的慧眼了。和紫芽一样，月光白同样是普洱茶中难得的珍品，紫叶难得，白叶难寻，有过之而无不及。

我没有去过云南，想象不出茶山上那种云蒸霞蔚如梦似幻的仙境，那种远离人世原生态、伊甸园般的安谧静寂，自然之物在阳光雨露下自然地舒伸着，吸收着天地日月之精华。但我却想象得出，月光白的另一种近乎传说的诗情画意，似婉约的宋词、中国风格的水粉画。崖下澜沧江水滔滔，疑是银河，崖上景迈山茶树郁郁葱葱，仿佛绿波荡漾，银色的月光，软缎般地平铺在绿树上，高低起伏，那墨绿影透银色，星星点点，月夜天穹似的，倘不细看，还以为绿树枝叶间的白叶，是染了月光的银色。但看着茶树间曼舞的采茶女，灵巧的纤手娴熟摘下初春的嫩叶，轻轻地放进竹篮，那叶子依旧是银色的，这才相信，原来茶树的叶子本身生长成了白叶，叶边的绒毛闪着银光，干透，依旧保持着美艳的银毫。即使身临其境，恐怕你也会不由得惊喜，以为穿越时空，误入瑶池，看见了飘逸美丽的七仙女或迷人的小林妖，曼舞着采摘天庭的仙茶。

自然，这意境，只是月光白神秘的起源之一。曾经有一位台湾寻茶人，从人间仙境阿里山跑到云南大山中寻茶，淳朴的村民拿出一款珍藏的家茶招待他，他一下子被茶叶的白色、茶汤的清亮香味所征服，追寻月光白的来源后，更惊叹自己神奇的遇见。村人发现新大陆一样神神秘密地告诉茶人，这款无名的普洱茶，只有村里的老人知道，从不外传，他是第一个发现的寻茶人。其实不是的，早在朝廷存在的年月，这款命名白龙须的贡茶，已经端到皇宫的黄花梨几上，香气氤氲，银叶舒展。因白叶难得，白茶难采，相当珍稀，才不为世人所知。后来没了朝廷，不需朝贡，茶虽在，却成了月光白，少之又少，就锁在深闺人未识。台湾寻茶人，也不是故作惊讶，只是没有深入了解这段近乎丢失的茶史，才自以为是的，像夜郎自大。

月光白的确是弥足珍贵的，珍如白龙须，并不为过。这种大自然中的反白现象，只在最原始的生态圈存在，且茶树上的白叶存在时间极短，从生芽发白到变回绿色，最多一个月的时光，初时太嫩，后来太老，掐头去尾，真正适宜采摘的就那么几天，还必须是在朗月晴空下采摘，光从时间的短暂苛刻看，其珍贵就可见一般。据说最好的月光白，要一芽两叶，一叶白，一叶黑，使本来月阴中的茶叶又有了明显的阴阳之分，更合乎天地人道了。

好多年前，我品过一回难得一见相当珍贵的极品茶女儿红，传说是由初潮后的少女精心采摘的鲜茶叶，又用玉乳焙干。浅尝一口，香虽香，但总有一种异样的感觉，欲言难言，心底的那种疼是说不出的。那种人为制造的珍贵，我始终认为不如大自然赐予的更纯粹、更自然、更珍贵。况且，这种际遇是可遇而不可求的。

茶，最讲究茶缘。有茶喝，本已是一种福气，有好茶喝，那更是一种福分了，能享受，会享受，自是茶缘不浅，是上辈子修来的。读罢茶书上月光白的茶文，虽倾慕，但我真的没想过有一天我会品饮到月光白，那需要多大的福分，我是个自甘淡泊不敢奢求的人。世界竟是这样奇妙，偏偏在意想不到的时候，冥冥之中就有了福报。对缘与分，我向来深信不疑。

喝了这么多年茶，尤其是普洱茶，自信生熟还是分得清的，大体的味道地域也能蒙个八九不离十，但像月光白、紫芽这样的珍品茶，从前是闻所未闻，近来才在几部品茗精品书上涉猎到，一下子被那神秘新奇的茶色茶味所吸引，想角中的感觉倏然停留在梦中，魂牵梦绕。

近来，有闲暇就想到茶人高翔的云古号古树茶庄喝会儿茶，在那儿，总能品味到地道的纯料古树茶，还能得到意想不到的惊喜。品一泡极品千年冰岛时，我忽而想到刚看到的有关月光白的叙述，就转述给她听，她笑笑，这就巧了，放下壶，推开店门出去了，不一会儿，回来了，手里多了一纸袋茶，说是前天茶友送的。简朴而漂亮的包装，外边是常见的牛皮纸，里面是银色的锡箔纸，茶叶白里泛灰，条索松舒，很像一种银毫，又有些肥润，我已看见袋上打印的墨字"涵云茶庄""古树白茶"。高翔麻利地换了把朱泥西施紫砂壶，说话间，已泡好一壶古树白茶，我们尝过一盏，她说："怎么样？这其实就是你说的月光白。"我讶然，看着又续了茶水的豆青汝窑盏，真有猪八戒吃人参果的感觉，囫囵吞下，还没尝出个滋味，早下肚了。又饮了几杯，只感觉比其他的普洱生茶清爽，连那回甘也是那么清爽，一时还真的说不上个所以然来。但这月光白我的确是喜欢的。高翔说，味道太淡，我不喜欢，你喜欢就送你吧。我有些喜出望外，但又觉得受之有愧。受人之琼瑶，我哪里又有桃李回报呢？

隔了一天，我专门买了桶怡宝纯净水，在晚餐后，休息了一会儿，便开始泡月光白。是在客厅罗汉床小桌子茶船上湿泡。茶船是老鸡翅木的，又经了年份，像乡下散养的土鸡翅，厚重，发乌。我想，要是有只散发着清新竹香的竹茶船，是不是更合景一些？壶是一把常泡生普的豆绿汝窑小壶，肥肥润润，开着密密麻麻的小裂，相当可爱。出汤在玻璃公道杯里，茶色和深红色的杯把相辉映，果然比冰岛还要深一些，亮一些，是很美的那种黄清亮。分在米色的官窑盏里，茶色浅了许多，但有一股清香扑鼻而来，是一种说不上的花果香，也许是混合果香，四溢着，有桂圆、红枣、糯米等香味。入口别是一种滋味，没有一丝丝苦涩，是纯粹的回甘，清爽，鲜醇，悠远，纤细的口感多了一份娇弱的气韵。四五泡后，香味才清晰成一种纯粹的回甜。直泡到茶淡无色，这种回甘还存在着，只是更单一些。揭开壶盖闻香，依然浓烈，扑鼻而来，绵延不断，看茶叶，叶片舒展，白叶多，墨绿的少，很像二八姑娘，那种美纯属自然，没有一点刻意的扮饰，毫不掩饰少女的丰腴。这一泡，似乎意犹未足，总感觉缺少些什么，也留下许多遗憾。

那天晚餐后，心情特好，我站在阳台前，月光明柔，清辉不觉穿越窗户，溢满我书画弹琴的静琴阁，向卧室缓缓流淌着。我若有所悟，这景，这情，泡一壶月光白，多有诗情画意，真正名副其实。阁铺上本来就放着老花梨木小炕桌，新铺一块蜡染素花布，上面再铺上雕刻了《桃花源记》的竹茶帘，摆上白底蓝莲花的一园瓷壶，青绿色的手绘小杯，黑擦漆的壶漏滴花插，插一枝碎绿叶，干泡一壶月光白，不要说品茗，单嗅一嗅氤氲在月光中的茶香，就有几分陶醉了，诗情喷涌，诗意流淌，哪里还分得清哪是月光的味道，哪是茶香的味道，哪是飘逸的诗味呢？

我确信，倘若将壶中的茶换成安吉白茶，竹香味是更清爽，但绝对没有如此浑厚深沉。

我想，倘若有机会，坐在澜沧江崖上的茶树下，任头顶上空的明月映照，席地泡一壶月光白，就用脚下的江水，现采的鲜茶，一边观赏仙女般的月夜采茶图，一边慢慢啜饮，那是人间天上何等的享受啊。此刻的茶，不仅仅充满诗意，更是一种难得的禅意，简单，高远。

《小品文选刊》2016年第5期

茶为缘，把大自然与生活融为一体。静子用舒缓的语气娓娓道来。自然之物在阳光雨露下自然地舒伸着，吸收着天地日月之精华。天地合一，孕育出月光白。把茶当作诗歌，它一定是诗歌，把茶当作月光，它一定是月光。因为茶，静子多了一些生活的诗意，多了一些月光下的感怀，也多了一些笔尖上的灵动。（刘永贵）

冬天是用来储存温暖的（外一篇）

/指尖

夜里起风，可听得枝柯尽折、瓦片飞舞的声响。

冬天的真实感，在气象物候中来得更形象。

大风、大雪、大寒，总觉极致决绝时，人才会更渴望并体会到暖意的难得。

早年冬天，大风肆虐，天寒地冻，乡道上人迹寥寥。那时躺在热炕上听风也是件很惬意的事。世界小到一间窑洞的体积和容量，会觉当下所拥有是如此可怜而难得。但这样的感慨，很快会被现世所保有的微小幸福感所驱散，于是，在一种恍然状态下，以做梦的形式来享受时间。

等风停了，就到河里去玩。滑冰滑腻了，用石头敲冰吃。身上热气腾腾，脸却被冻得通红。吃冰是每个小孩都喜爱的，冰凉沁骨的感觉，让人有痛快感。最有意思的是冰层被敲开，流水有一种清暖意味，好像另世的呈现。

几乎所有小孩都会生病，高烧或者咳嗽，那时，窗外风雪正烈。

所有寒冷能带到那个年纪里的疼痛，于今已荡然无存。但炉火照映下，被人呵护的温暖，却会在每年冬天被我玩味良久，乃至与人倾诉。

似乎每个来自乡下的人，都觉得将真正的冬天弃置在某个记忆里了，但又以肯定的口吻，来确证冬天存在过的事实。

这种自欺欺人的态度，很令人伤心。

或许我们喜欢冬天，只是喜欢着一场消失的记忆？

或许，是我们的需求和能量的变化，使物候在秩序中悄然改变了轨迹？

也或许，在另一些物种那里，我们恶劣的生存空间，恰恰是它们所向往的天堂？

记忆里，每个季节差不多都是被风带来带去的。没有旋风的春天多乏味啊。但夏天一定不要多风。秋天的风要习习的，有不知不觉的凉意。冬天西北风最好，将一年的残余清除掉。像此刻我们逆风而行时，看见人烟、车辆稀少的街道，看见天地舒朗的样子，天一下蓝了，阔了，冬天真令人欢愉。

近日，人有点慵懒，博客都长草了。

某友说我在装大师，我问大师如何装得，他说不说话便是。都笑。

又说牙疼，想起很年少时，选择让疼痛以失去的形式存在过的决绝，那也是件发生在冬天的事。

日渐沉默，不是不想说，真是无话可说。

想念的人，渐渐成为远在的样子，忙碌，做事，偶尔伤感，无奈，自行消化。话语越来越撑不下欲望，也无法消解困顿。

从未更喜欢过冬天之外的季节，清、冷、缺、失、小悦、小幸，怎样的给，其实均是冬天稀疏暖意的呈现和延展。

南方的骁锋说，他喜欢北方的冬天，前提是没霾。那时我正路过一树的麻雀，它们叫唤，跳跃。彤红的落日在它们身后缓慢下移。

显然，再没有一盘炕火，可安顿年来的苍老了，但我也是。

深处的神

月圆之夜，杨树沟的蒿草丛中，蹿出一只白狐，它四下张望，然后向河边走去。

这是大人们在五道庙吃烟的时候，用充满神秘、惊恐、低沉的声线挤出来的消息。纳鞋底的女人们，瞬间张大嘴巴，惊慌失措地东西观望，好像那只狐立现眼前般令人手足无措。

它涉到对岸，摇身一变，变成一个绝色女子，朝村庄婀娜而来。

她去谁家？好奇的人问。

说的人意味深长地看了看村庄四面，谁家谁知道呗。

人们面面相觑，似要从彼此充满疑惑的眼神中探出一点门道来。

天一黑，风从巷道里蹿出来，拖着长长的尾巴，朝五道庙狂奔而来。村里所有的街门闭紧，门拴拉上，还用长长的木板顶上，木板上又用大青石压住。连俊俊家也一样。

俊俊妈是我们村的仙家，某年生了大病，眼见要撒手人寰，珠宝的姑姑正好从京里回来，俊俊爹便去央求，据说俊俊爹跪在珠宝的姑姑面前，一把鼻涕一把泪的，大失男人颜面（这都是珠宝后来说的）。第二天，珠宝的姑姑便带着俊俊爹妈一起走了。走的时候，他们坐的是大马车，赶车的碰槐把三条骡子赶得飞快，村路上腾起的尘雾，很久后才散尽。俊俊妈回来的时候，坐的还是碰槐的车，老远就尘雾弥漫，蹄声急促，到了村口，俊俊妈就从尘雾里钻出来了，下凡般，笑吟吟的，脸也白了，人也瘦了，灰布衫青布裤，利利索索，凭空多了几分仙气。她回来第二天就开始坐堂看病了，张嘴就是北京话，不识字的她，手持狼毫，在黄裱纸上龙蛇走笔，惊煞众人。不日，她的名气便传遍十里八村，一时出入村庄的陌生人数不胜数。

按说，杨树沟里蹿出来的狐是吓不倒仙家的。村里的神在夜里照样出出进进，庙里热热闹闹，晚上，有神喝多了，把酒洒在了柏树上，早上，树便绿得吓人，冬天，灰塌塌的世界里，突然树绿得流水，全村人都跪在庙门前，神看见了，在云天里一笑，第二天，树恢复了灰、燥、冷，村里人松了一口气。神也不能打乱天地次序。现在村里除了庙里的神，家里的神，还有多少人们所不知道的神存在呢？有人就去问仙家俊俊妈，那天她也不说北京话了，嚅嚅言不达意，村里人就说，看来，狐仙比咱的仙家厉害啊。

狐仙是女的，她涉河而来，进了我们村。所有人都在猜测，她来得目的，或许跟老辈人讲的一样，是为报恩的，有人前生于它有恩情，这世没转到享福之地，就蜗居在黄土弥漫的村庄里，吃苦受罪，她看不下去了，就施点仙术，让他从此过上幸福的日子。但村里没有人更幸福，除了傻子老二。他每顿幸福地吃三海碗糊糊，每天从天擦黑睡到第二天中午。他从不操心家里的事，不下地，没事了，就跟狗玩。他龇嘴笑着在前面跑，它在后面喘吁吁地追，有时它在前面喘吁吁地跑，他在后面龇嘴笑着追。假如狐仙怜惜他，或许会治了他的傻气，然后跟其他村里人都一样，每天又要下地又要干活，还得养家，那么他的悠闲日子就一去不复返了，这样也不好。不过狐仙好像并没有靠近和拯救他的迹象，他依旧在巷道里疯跑，傻呵呵地张着大嘴笑。

没有人看见狐仙在深夜推开过谁家的门。它或者去别村报恩去了，也或许不过跟神们聚会去了。这多少是些能说得通的理由。

事实上，蜿蜒十里的杨树沟里，还蛰伏着更多的除白狐之外的仙和精怪，它们住在深不可测的洞里，在夜里，从葳蕤芜杂的蒿草丛中钻出来，幻化成人的样子，走在村庄的道路上。它们会像走在街市上那样东张西望，也会耍耍村中间那个破碾子，偶尔它们也被邀请到庙里，但更多的时候，它们像人一样，偷窥着神们的聚会。有小精怪对它们毕恭毕敬，献上最好的食物和用具，但更多的精怪跟它们挤在庙门外，或者蹲在庙墙上，看神们肆意地生活。

秋天，有割草的人回来说，杨树沟的山洞口，花环绕了一圈，白雾缭绕，煞是好看。有胆大的人探身进去，寒冷刺骨不说，里面湿气弥漫，他一出来，上半身全湿了。仙的地界，人是不能擅自闯入了。他刚放下的草，就再也没法背起来了。他被人搀回村，身上的水把村道都淋得湿漉漉的。他家人找到俊俊妈，又是烧香，又是点烛的，俊俊妈无论如何也回不到仙界，无奈，他家人只好到庙里求神，神身上满是灰尘，乐呵呵地似应非应。他们拿了神的药，回去给他喝了，第二天便好了。人们就问他，你在仙洞里看到什么了？他说，看见老多的仙家，在歌舞狂欢，天上飞的，地下窜的，还有蹲在半空中的，有女的，有男的，有蛇有豹，有狮有虎，都怪里怪气的，吹的是树枝，敲的是石头，弹的是枯木，从没听到过的悦耳动人的乐声。

自打狐仙出入村庄后，俊俊妈再也顶不了神了，北京话也不会说了，字也写不了了，以前俊俊爹下地回来，还得给仙家生火造饭，亲自将刚出锅的第一碗饭端到她手里，还得说：仙家，请。现在，俊俊妈主动下炕，又劈柴，又喂鸡，家里人回到家，总能吃上热腾腾刚出锅的饭。她也去村里走走，纳纳鞋底，补补补丁，慢慢地，脸也红了，腰也壮了，走路腾腾的，那股仙气，到底是散了。

村庄表象呈现出来的，远非它的全部，再深处，还有多少人们所无法预见的神呢？神仙腾云驾雾，天上人间，崇山峻岭，山河大地，自由飞走，它们是没有固定地界的，它们来了，又走了，走了，又来了，谁知道呢。反正村里有的是地方，那里那里都能容神纳神。村里人，欢喜神的在，也忧烦它们的走。但神的事，人说了不算，也闹不明白，所以人活人的，神活神的，彼此安好。

《小品文选刊》2016年第4期

评鉴与感悟

寒冷不冷，因为记忆是温暖的，因为冬天是用来储存温暖的。指尖笔下的冬天更多的是童年的记忆，是时间长河里被冰冻的一面镜子，映照着一个孩子的童趣。时间是见证，见证童年，见证冬天，见证寒冷，见证温暖，也见证了时间背后的一盘火炕，等着我们，慢慢变老！

或许，神是存在的，是实实在在存在的。村里人都这么说，因为俊俊妈。本文写的是村里常见的大仙，许多村子里都有这样的大仙。大仙能给人看病，大仙说出来的话别人听不懂。神的传说很多，在村子里，没有无神论。没有无神论很正常，因为村里人习惯了神，或者大仙。（刘永贵）

日子里的黄河

/秦岭

　　"日子，就是一担水。"从黄河儿女的这句口头禅里，我闻到了烟火味儿。

　　小时候，我不懂。"黄河远上白云间"，那滔滔的黄河水，该是多少担水啊！把黄河与日子联系起来，我总是想到扁担、木桶和黄土高坡上的羊肠小道。一位长满花白胡子的老人说："其实，咱和黄河天天见哩，咱都是女娲蘸着黄河水抟着黄土造出来的，都是黄河的娃哩。"

　　至今想来，这句话意味深长。中国的乡村，到处都有龙王庙。求水的日子里，成千上万的人高举火把，在苍天之下、大地之上跪成一种无与伦比的虔诚和渴望。在红烛的火焰和紫香的缭绕中，庄重、慈祥、平静的水龙王，俯瞰众生，目光里蓄满了母亲才有的表情，她身上倾注了芸芸众生对河流的崇拜和念想，她是龙，也是水。当一担水挑回家，炊烟袅袅升起，日子里所有的滋味儿都有了。喝一口黄河水，一种宗教般的庄严，在我内心驻留、伸展、蔓延。

　　当明白一切祈福都是为了日子，我顿悟古代诗人"君不见，黄河之水天上来"的绝唱，不光是一种情怀，也不光是一种浪漫。

　　我有理由断言，黄河的文化源头早已超越了地理意义上的故乡——青藏高原巴颜喀拉山北麓的约古宗列盆地，超越了天下黄河"九十九道弯"

的文化空间，同样超越了黄河5464公里身长所辐射的疆域。黄河用上百万年的耐心和胸襟，轻轻拥揽了西北、中原、华北几十万平方公里的土地之后，苍生尽在她温情的怀抱里。

沿着黄河走，我发现，黄河对人类精神的浸润和人类心灵对黄河心悦诚服的接纳，早已成为一种双向力量。假如，百万年前中国西部的地质变化没有为黄河的诞生提供可能，那么，谁来给我们提供一担水的意义？黄河流域的掌心里，到底还有多少超越五千年的华夏文明遗存，至少当下无从得知。也许，我们真的只是领受了黄河文明的一角。置身历经千年风霜的殿堂和古柏，耳闻经久不息的钟声，我们只知道，历史刚刚从史前向殷商走来，从秦汉向唐宋走来，从明清向当下走来，"奔流到海不复回"。

荀子说："不积小流，无以成江海。"一条又一条黄河的支流，跨越时空，奔流不息。每一条支流都是每一担水的合计，都是去黄河那里"赶集"。在黄河沿岸的乡村，你侧耳谛听，一定能听到这样的声音："滴答，滴答，滴答。"那是屋檐水的声音，也是黄河的声音，更是父老乡亲血管里的声音。它最终在华北汇入苍茫的大海，带去的，是这片土地的表情。

少年时代，我一度迷恋西方哲学，但有一位外国朋友告诉我："我不敢轻视中国哲学，因为有一条河，它叫黄河，是一首叫哲学的诗。"诗？我的耳畔，顿时响起先秦以来黄河两岸的低吟浅唱："坎坎伐檀兮，置之河之干兮"……"所谓伊人，在水一方"……"劝君更尽一杯酒，西出阳关无故人"……

每一句艺术的经典，都是日子的投影。在我心灵崖畔的视野里，古人和今人的艺术联系、传承，根脉如此密不可分。那史前人类遗址中陶罐、陶瓶、陶盆上镌刻、描绘的符号，那用简单的线条、笔画对河流、鱼虾、白云、牲畜、狩猎、祭祀的表达，那云冈石窟、龙门石窟、敦煌石窟、麦积山石窟中的雕塑、壁画……那一刀又一刀，一笔又一笔，一画又一画，分明是一支支反复吟咏的民谣，民谣里蓄满了所有关于日子的歌。这些歌，伴随着黄河的涛声，经久不息。当艺术融入人们的日子，那不就是一曲几千年的黄河大合唱吗？

一直在想，在中国，每当中华民族处于生死存亡的十字路口，为什么人们首先想到的是黄河？"风在吼，马在叫，黄河在咆哮，河西山冈万丈高，河东河北高粱熟了……"也许，社会学家给出的答案是母亲，哲学家给出的是精神，政治家给出的是人民，美学家给出的是气质，历史学家给出的是传统……一位农民却这样回答我："风水。"我的理解是，黄河流域的气候、土壤与地貌，体现了农耕文明更多的特征，"河东河北"密不透风的高粱，既给黄河儿女以日子，同时也为黄河儿女抗击外来侵略提供了天然屏障。"黄河在咆哮"，那是对敌人的怒吼，也是对儿女的召唤。

毋庸讳言，近百年来，中国东南沿海地区创造时代文明的步伐要远远比黄河流域快，这得益于现代工业、海洋文明的进步与发展。"源头不会变，风水轮流转"，这不光是一个历史问题，也是一个生态问题。变与不变之间，人与自然的作用力，可以海枯石烂，也可以沧海桑田。

我们一定不会忘记这样一段歌词："我的故乡并不美，低矮的草房苦涩的井水，一条时常干涸的小河，依恋在小村周围……"我在黄河流域考察农村饮水现状的时候，再次看到了农民肩膀上的一担水，那，还是我小时候见过的清冽的水吗？那分明是稠泥浆。有个不争的事实是：黄河瘦了，近几十年来，曾频频断流。一条条排污管道，像罪恶的大炮一样伸向黄河。

"保卫黄河"，半个世纪前的黄河儿女面对敌人发出的呐喊，犹在耳畔，只是，如今黄河的敌人隐藏在哪里呢？要我说，就在我们自己的日子里。信不信，一担水的日子里，什么都看得出来。

《人民日报》2015 年 11 月 25 日

评鉴与感悟

日子里的黄河，说的是河，是河里的水。黄土高原缺水，即使生活在黄河边。秦岭眼里的黄河是一个矛盾体。喝一口黄河水，一种宗教般的庄严在他内心驻留、伸展、蔓延。秦岭看到的黄河水，只有浑浊，没有清澈。或者，黄河里没有水。没有水的黄河，也叫黄河。今天，保卫黄河是一句环保口号，是笔者心底的伤痕和隐痛。他爱黄河，爱黄土高原。（刘永贵）

平衡有术

/周东江

"术"是用来合乎"道"的，而不是操作把持"道"的，两者不可颠倒（但现实中往往被颠倒）。孟子所说的"天时不如地利，地利不如人和"以及"得道者多助，失道者寡助"，讲的都是一个道理：最高的平衡就是道。

道是什么？是自然法则，是"宇宙真理"，是人文关怀，是天下为公，是民心所向，是核心价值。平衡是兼顾各方利益，体现自由平等民主法治。谁合乎了这个"道"，谁就得道多助。平衡术追求的不就是这个吗？

今年六月，我去西藏旅游，终于有时机领略了"黄河之水天上来"的气象平衡原理。

我们知道青藏高原海拔很高，所以相对气温就低。哪怕我们所在的城市处在夏季，青藏高原很多地方仍是白雪皑皑。一些山脉上的冰雪，便化作江河的源头。问题来了：青藏高原哪来这么多化不完的积雪？原来，喜马拉雅山脉的南面坡度比较缓，印度洋的热湿气流从南往北爬坡，爬过山脉后陡遇寒流，因此那里常年雨雪不断——造物主就这样把印度洋的水汽，以云团的形式搬运到青藏高原，再化作雨雪，源源不停地供给几大河流，而几大河流再顺着地势蜿蜒而下，"奔流到海不复回"，构成一个完美轮回——前提是别遭到人为破坏，否则就会导致各种失衡——气候上的、地质上的、生态上的、经济乃至社会上的，牵一发而动全身。

物理学中把物体平衡分为"稳定平衡""随遇平衡""不稳定平衡"三种情形。其实这三种情形也体现在社会历史当中。当社会不公平、不公正、不稳定的现象越来越严峻时，就容易出现"失衡"求变的推力，以达到新的平衡。从历史上看，每一次改朝换代，表面看起因都是一些小事件，比方秦末一场大雨，揭开农民起义序幕，导致秦朝"二世而亡"；明末辞退一个驿卒，导致崇祯皇帝自缢，更招致清军大举入侵。但朝代更迭的根本原因并非这些小事件，它们只不过成了压倒骆驼的最后一根稻草。就嬴政父子来说，秦朝基业"二世而亡"是个天大的悲剧，但从整个历史长河上看，亡的只是秦朝而不是中华，中国的历史长河并没有因此断流，每一处转弯，每一次跌宕，每一声咆哮，都意味着新的"稳定平衡"的开始。

　　再拿历史举例。东汉末年群雄争霸导致三国鼎立，曹操"挟天子以令诸侯"，刘备拉孙权以抗曹操，孙权左右逢源，时而拉刘抗曹，时而拉曹打刘，三方玩儿的都是平衡术，每个人也都"闻道有先后，术业有专攻"。诸葛亮27岁时与刘备作"隆中对"，堪称战略平衡的经典；年轻的吴主孙权，即位时年仅18岁，但是在玩平衡术方面一点不输曹、刘。

　　平衡往往表现为中庸，但两者性质截然不同。中庸是一种道，平衡是一种术。

《人民周刊》2016年第8期

评鉴与感悟

　　平衡有术，天人合一。从黄河的发源地青藏高原上的冰雪融化谈起，谈到了平衡有术，再到天地轮回，改朝换代。的确，平衡有术。周东江不是一个哲人，似乎是一个地理学家，或者是一个历史学家。从大自然到一段风尘的历史，给出了一个结论，平衡有术。的确，平衡有术，就像昨天下雨了，今天是个晴天。如果天天下雨，或者天天阳光灿烂，生活就会发霉或者干枯。（刘永贵）

我家乡的花都是狐仙

/王跃文

我尽管经常回家乡，对现在的乡村却很隔膜。我的印象中只有童年时的乡村。我少年时读《聊斋志异》，投映在脑子里的场景，总是我童年的乡村，那祠堂，那古树，那破屋，那野坟。我的乡村是相信鬼狐的，有种种神秘的风俗和禁忌。路边的断梳是不能捡的，那是御风夜行的女鬼跌落的；夏夜里千万不要到老柳树下面纳凉，空了心的老柳树都是成了精的；转着漩涡的河塘不能去游泳，那里有落水鬼会扯你的脚；而花越是漂亮越是可怕，每朵花里头都有一个取人魂魄的精怪。

我的家乡虽是山清水秀，花却并不多。倒是大人给女孩子起名字，喜欢用个"花"字，什么桂花、莲花、梅花，一大堆。乡野人家有点儿闲地便种菜种橘树，没有种花的习俗。山上也只在春天开一些杜鹃，糊里糊涂红一阵就过去了。村子的某个寂寞的墙角，偶尔可见一株栀子花或茶花，似乎没人知道它们的来历。这些花便越发像《聊斋志异》里的花，要么好看而媚人，要么好看而害人。哪家闺女突然得了某种怪病，比方望着男人痴笑，比方日夜不停地唱歌，会作法的师父就断定是屋后那株花在作怪。那花就在焚香念咒之后被砍去。

《聊斋志异》里有一篇《香玉》，记崂山下清宫两株花与一黄姓书生的情事。两株花都成了妖。一株牡丹，叫香玉，素衣玉面，美丽多情，与书生俨然夫妇；一株耐冬，名绛雪。绛雪这名字实在起得好。我没有女儿，不然一定也叫她绛雪。绛者，红也。这女花妖一袭红衣，芳艳绝伦，却又名雪，晶莹剔透，清冷孤高，不容亵渎。她与书生虽然诗词唱和，言谈甚欢，却能终不至于淫而只是良友。有个情节很有趣，说的是黄生太想见绛雪，而绛雪却不肯现身。于是香玉便助纣为虐，带了黄生来到耐冬花下，用手掌从下往上丈量，量到大约人的腋下处时，开始挠其枝干，结果绛雪耐不住痒痒，笑着从花树中走出来。读此情节，那怕痒的花妖又平添几分娇憨。我后来查书，知道耐冬花就是茶花。《香玉》里记载那株茶花高二丈，径数十围，应是千年古木，不是我们平日随处可见的。

我不知道有没有人会去挠花树的痒痒，傻乎乎地指望从花里挠出一个美女来。我现在住的地方，种有很多茶花，从冬到春，姹紫嫣红。这些茶花太多了，太热闹了，不像我乡村的茶花，开在僻静的墙角，能叫闺女思春。

《时代邮刊》2016年3月上半月刊

评鉴与感悟 —— 不知道世界上有没有狐仙，但是我知道，每个乡村都有美丽的花。把狐仙和花联系在一起，是作者的一种想象，这种想象源于《聊斋志异》。有一种赞美叫隐喻，比如把花与狐仙联系在一起，于是就有了传说，有了花仙子，有了让人们不断讲述一个故事的理由。王跃文告诉我们，他的家乡生长着茶花，很好看的茶花，开在僻静的墙角，叫闺女思春。（刘永贵）

树不会被夏天淹没

/李玫

看见过两棵树。那两棵树直到清明过去一周才隐隐地露出些绿意来，清瘦的树干，稀疏的小枝，隐隐透着寒意，像留在春天深处的最后一抹雪，简净淡泊。

在春天的深处，这样寒素的树，身上有一种临大事而有静气的从容。

跟人类的呼朋引伴相比，树的世界多少是有些疏离的。它们在季节里的变绿变红还是变黄，都有些各自为政的感觉。枫杨绿得早，水杉绿得晚，栾树不知道是在什么时候醒来，我们是直到初秋见到它满树都是成簇的黄色小碎花，才想起它在那里。

但大多数的树到了夏天就不大会被人看见了。到处都是绿，人在很多时候不会注意绿也有浓淡疏密。

在人的眼里，一棵树和另一棵树差不多，不动声色，开花结果，叶子颜色和果子的形状也可以忽略不计。但一个细心的人会知道，树也是有属于自己的心情的。初夏时节，有人问起：那些在同一片土地上按相同节气生长的同一品种的树，结出来的果实味道为什么会差那么多呢？某博物人士回答说：这取决于树的心情。所以紫叶李的果实成熟的季节，我在校园里遇到每一棵果树时都会在树下满地野花的草丛中捡一个来尝尝：这一棵树是略显酸涩，下一棵树的是清甜。一棵树的心情就是这样深埋在果子的

166

味道里。鸟在满地的果子中跳来跳去，东啄一口，西啄一口，早就读懂了树的心事，只有人还不知道，除非他们愿意弯下腰来在树下的草丛中捡一个熟落的果子，轻轻地咬一口。

比心情更让人深感震动的，是它们还会有深深埋藏着的故事。一棵树要是在夏天里有自己的故事，它说出它们的方式才是真正的委婉和沉静。

最早意识到这点，是在清理一只陶花盆时。那只花盆在前一年的春天曾经长出过一棵小小的构树。这原本是应该惊喜的，但我时时生出些无力感来：除了像养花那样定期浇水施肥，我不知道该怎么在花盆里养活一棵树。

这并不影响它在整个夏天的疯长。有一段时间，我曾经无端地幻想着它可以一直这样长下去了，植物总是默默地呈现它的各种品质给我们惊喜不是吗？但冬天之后，它没有再发芽。

倒出盆土时发现，它居然长出过这么多的根，一圈一圈地卷绕在花盆里，长成花盆的形状。一棵树曾经这样努力地寻找出路，用它自己的方式，但终于没有找到。所有的这些努力都是在泥土之下的黑暗中默默完成的，但那些根的形状说出了它的秘密，它沉默不语的一生里原来有过这样的努力和放弃。

人类的秘密有时会如蚌腹之砂，层层磨砺之后化为一粒珍珠，打开时仅有温润可人，时光里的辗转隐痛都不复可见。而那些没能在时间的打磨中化蛹为蝶的部分，却是另一种形态。我生活的小区里，有个中风之后神智和手脚一并变得失控的老人，经常步履蹒跚着在阳光下大声斥骂着谁，口齿狞厉地宣泄着大约压抑很久了的秘密，那样的场景总是让人觉得异常的惨烈。

跟人相比，树的无声无息里有着不易察觉的智慧，它们像是用一种只有少数人才能读懂的文字写下的记录——那些能读懂的人是真的懂了，会因此生出些读懂之后的相惜和静默；读不懂的人即便是路过，也什么都看不见。

那些从未被倾听的故事，会耐心地等在泥土里，然后一圈一圈地长成年轮，从树根到枝梢，每一圈都是记忆。很多年之后，一个专注的工匠会在锯末纷飞中看见深藏已久的它们，那些在时间里沉淀出来的好看的纹。

他会在反复比划之后挑一个最好的角度让那些木纹成为隐藏在木器中的画，然后，在某一天的晨光里，另一个晨起伏案读书的清净之人，会看见它们。

在盛夏的喧嚣之外，一棵树的沉默里可以有着无数这样古典而丰盈的品质，它们在时间里慢慢沉淀。

跟它们的静默相比，人类转瞬即逝的雄辩滔滔，很多时候真的是不值得一提。

评鉴与感悟

树如同人，有思想，有情怀，有它自己的情感表达方式。与人相比，树在无声无息里有着不易察觉的智慧，它们像是用一种只有少数人才能读懂的文字写下的记录。李玫的文字很恬静，很淡雅，就像一棵树，一棵不会被夏天的绿淹没的树。让一棵树安静下来，安安静静地生长，安安静静地接受阳光，就像一个作家，安安静静地用文字显露心声。（刘永贵）

进得祠堂

/周伟

我一直笃信：祠堂，是大地上鲜活的遗存，是正宗的中国"国粹"，是一方方最独特的"中国印"。

在那里，我们黄皮肤的中国人，都能寻找到我们的根，都能看到自己的"胎记"。无疑，祠堂是存放我们乡愁的陈列馆，是安放我们灵魂的栖息地。

一座祠堂，就像一位母亲，虽历尽沧桑，却总是天下儿女向往的地方。在那里，有先前的风气，有我们的老规矩；在那里，供奉着祖先牌位，供奉着天地人的大道理；在那里，血脉绵延，传承赓续，生生不息。

祠堂，往往建在风水宝地上，背后必须要有"靠山"，以山冈作为屏障，四周往往有几棵、十几棵参天古树簇拥，祠堂周围都是同姓人家聚族而居的血缘村落。

走进祠堂，仿佛感觉到先人说过的家常话和他们熟悉的脚步声，还有他们的喜怒哀乐甚至他们的心跳呼吸之声，都散布在祠堂的每个角落里，这一切充满了家的味道。抬起头，一股股草木的清香随风入窗，顿时萦绕着我，包裹着我，浸润着我。祠堂的院门上往往都赫然刻着：宗功祖德流芳远，子孝孙贤世泽长。在这里，品质和德行是最当紧的，比什么都重要。我想，这需要一种传承，更期待一种希望。一直以来，耕读传家，清白明世，都是我们必须谨遵的家训和深刻领会的要义。

走在祠堂中，我常常迷恋于一种生活的气息。孩童时代最初的朦胧记忆在祠堂里显现：在偌大的祠堂里跳田、玩耍、捉迷藏，在青石板、鹅卵石铺就的小径上高兴地蹦蹦跳跳，在焚烧香烛的袅袅烟雾中　想入非非却装作和大人们一般正襟危坐，看祖宗的牌位时一排排看过去仿佛看到祖先们依长幼次序端坐在神龛上……

当然，最有味的时候，是我们一个个"细把戏"爬上祠堂高高的戏台，半睁半闭之间，耳边锣鼓喧天，眼前生旦净末丑轮番登台，说唱念做打各显神通，尤其看到"黑脸包公铡了驸马"时，过瘾得很。

走在祠堂中，我还迷恋于一种木头的香味，这是祠堂里上了年纪的木头发出的清香。在老祠堂厚厚的木门上、黑褐色的木墙上，在檐头横梁上，在楼栏廊柱之上，在花格漏窗之间，总缠绕着一种木香，如水流般漫溢，缓缓流淌，久久地在祠堂上空盘桓不散，挥之不去。这种木香，是一种清香，悠长绵延而又含蓄、内敛、深沉，仿佛与生俱来，如母亲的棉布，舒缓、温暖、软和、亲切，是亲人和乡邻的气息，是平淡生活的味道。

进得祠堂，有大门门屋、享堂、拜殿、戏台、寝殿，有些寝殿后面往往还有藏书楼。我记得最初在那里搜寻到几本虫蛀发黄的线装书，如获至宝。那淡淡的书香味，让我受益终生。

祠堂里，浓郁的香火味，常年经久不散。一年四季，春祠夏禴，秋尝冬烝，四时八节，祭祀不断。"祭，如在"，大伙总是认为祖先就在冥冥之中，保佑着家世的兴旺、子孙的繁衍。祠堂祭祖，已然成为血脉汇聚、增进感情、精神认同的家族功课和不忘根系、感恩思孝、端行修德的人生功课。

及我长大一点后，祠堂里一个个斗大的字更让我着迷，引人探秘。比如：敦、笃、雍、崇、务、孝、伦、淳、睦、思、德、忠、本、善、义等。起初，一个个字问大人，翻字典，似懂非懂，如"敦"是"厚道，勉力而为"的意思，"笃"的意思是"深厚、诚恳、忠实"。后来，终于有了几分真正的明白：仁义道德，忠孝廉节，都是教导子子孙孙时时不要忘记做人的根本，事事都要用"德"规范自己的言行。

宗祠一度曾被简单地定为反动"族权"的象征，许多祠堂纷纷被拆掉。但后来修了拆，拆了修，又被重新立了起来，一番修缮翻新，重放异彩，再显光辉。我曾见到，每一座祠堂背后都有一批虔诚执着守望的老人，每一条通往祠堂的路上都有无数双注视的眼睛。很多祠堂里，"族规""家训"又堂堂正正地上了墙，多有劝诫，为后人遵循。祠堂又恢复了以前的众多功能：聚会、议事、倡学、教化等，特别是现在，发扬光大，还有了文化活动室、书画展览、文艺展演、史志乡贤英才陈列等新功能。

太平时期，建祠修谱，供人景仰，当然是很隆重的事情。清白传家，自是历代族人的愿景。祖宗都想让后人学好、过好，和睦兴旺，一门清正。一直以来，犯事违法的人，是不准进入祠堂的，也是上不了族谱的。当然，这是天大的事，一个人入了"谱"，心里才会踏实。

现在，家乡正在大加宣传弘扬宗祠文化，我很以为然。在巍巍千年雪峰山下，在湘西南的青山绿水间，一座座祠堂飞檐翘角，气宇轩昂，青砖灰瓦，雕梁画栋，古色古香，美轮美奂，恰似一颗颗璀璨的明珠，令人神往。

祠堂，我们的祠堂，我们的老祠堂。

祠堂在，祭如在。祭如在，倍思亲。祭如在，一切在。

《人民日报》2016年9月5日

评鉴与感悟

一座祠堂，就像一位母亲，虽历尽沧桑，却总是天下儿女向往的地方。祠堂，是作者周伟心中不灭的灯火，在白天或者黑夜，一直亮着。没有华丽的词汇，没有刻意的雕琢，周伟用乡愁和情怀讲述祠堂的故事，讲诉一方水土养育一方人的情缘。把根留住，留在作者的心底，留在纸上。可以忽略文字，不可以忽略心中的那座祠堂。

（刘永贵）

卜　问

/浅蓝

　　算命卜筮，原是道家之术，挟此技行走江湖之人，哪怕并不烧香念咒，闭关打坐，只因洞悉命运，口吐天机，油然就有山野洞窟中的一股仙气。多年前认识一位街边卖卦者，他五十多岁，笑呵呵的，短短的头发碴子尽成霜色，面皮却红润紧绷。因老家新盖了宅子，他被父母请到家里，用小拇指留着长指甲的手，拿着罗盘看风水。他自称问卦者门前有几棵树，树上有几个老鸹窝都算得出。他看人时目光炯炯，精光闪烁，让我联想起"神目如电"。另一位是母亲的朋友，是在农村家里烧香敬神，给人看病说事儿的妇女。那段时间，我对生活多有抱怨，一次陪母亲去她家，她手拿一把草香，瞥我的一眼，像一道黑色的闪电掠过，然后她淡然说，做人要忍耐，一辈子，很快就过去了。

　　未来将要发生的，因未成形而具有一切可能的变数。一场大雾尚未落地成雨，一块红铁尚未锻打成器。不确定带来的不安和期待，突变带来的成全或破坏，让人无所适从，惴惴不安，对命运的焦虑，伴随着人类生命的始终。国运、战事、升官、求财、考试、婚配、失物、起屋、乔迁、丧葬、夜梦等，都忍不住想问问吉凶。尽管提倡破除迷信的今天，算命卖卜者已成为非主流而身份尴尬，掩掩藏藏，幽人一样在社会夹缝中求生存，但却从来没有消失过。他们的名字和住址，在口口相传里，被人默记。民间烟火生活中，遇到需要定夺黄道吉日的事情，或犯难犹疑、焦灼思虑之事，就会不动声色找上门去。除此之外，占卜也以纷繁的形式在民间流行，有时甚至消解了它本身对命运的焦虑成分，成了偶尔娱乐的小游戏。

每年三月三，吃罢晚饭，围坐煤油灯前时，母亲会叫我们和她拿四根筷子，首尾抵住，组成正方形，然后念几句好听的咒语，呼唤空中的桃花姑姑来给我们算命，占卜福气大小。她说有福气的人，筷子会往外撑，没福气的人，筷子往里合。算的时候，母亲唯恐桃花姑姑忘了给我们福气，总是有点紧张地嚷着："撑！撑！撑！"然后松开筷子，高兴地笑着问，有没有感到有种力气在往外撑着筷子？我们似是而非地点点头。有时吃饭，看着我们拿筷子的手，婶婶就会和母亲相互议论，预言将来我们婚配对象家乡的远近。筷子拿得越往前，说明越近，往后，说明嫁娶之地越远。

我自小对神秘的事物有兴趣。祖母烧香，八仙桌后挂着神轴子，一块红布上毛笔写着诸神的名字，平日卷挂着，初一、十五烧香时展开来。有时她和一班农村老太太给人下神看病，叫个魂儿啥的，都挺灵验。家里孩子撞了邪气，她会舀碗净水，持一双红筷子，念念有词地向东西南北四方洒点，末了喝一口，"扑"地向病人喷出水雾来，落到脸上，凉丝丝的，慢慢也就退烧了。但她没有签筒，占卜的事，唯有一次记得，是去参加扶乩。那年一位领袖死了，据说成了神，能够给人算命，颇灵验。天微黑时分，同门的堂叔，压低着嗓音来唤祖母，我和小姑也一起跟了去。七奶住的厦子屋黑黢黢的，被烟熏火燎得成了褐色的木头窗格下，点着一盏墨水瓶改装的小煤油灯，放着一张旧八仙桌。桌上撒了薄薄一层面粉。人到齐后，七奶吩咐将小半截铅笔插在一个筛子中间缝里，倒扣过来，命还在学校读书的堂叔和小姑扶住。然后，她点一把草香，拜了两拜，多皱纹的脸上，那一对幽黑深邃的眼睛先是瞪着虚空，双手合十念念有词，然后又闭上眼凝重默祷片刻，说，开始写吧。筛子半天静止着不动，大家便埋怨扶乩者手用力太大，将筛子抓得太紧了。受埋怨的堂叔和小姑只好运动手臂，推推转转地让它动了起来。灯下，那筛子投下椭圆的影子，忽大忽小地变动。一会儿拿开去，面粉上画着没有章法的痕迹，让读高中的小姑辨认半天，也说不出是什么字。七奶便又嫌大人心不净，提议让年幼的我来扶。我一紧张笨手笨脚的，更不济事儿，折腾半天，一无所获，大家也就倦了，散了。

卜问之事，斥其愚昧，当事人颇不以为然。他们分辩说，既然天气现在都可以精准地提前预报，难道命运不可以吗？那些卜筮者，从前可不是这样的低调暧昧地生存。话说上古时代，人类的童年时期，对大自然未知的领域多，心灵纯净，与万物交接时感应也就强烈，他们更信奉和尊重巫术与占卜。发动战事、祭祀、嫁娶、祈求农业丰收、风调雨顺、子嗣绵延等，都要烧龟甲兽骨，再根据上面的裂纹形状进行预测。《易经》本就是卜辞之书，也是中国传统文化的源头。那时权倾朝野的大臣，不只上观天文，下知地理，本身也兼巫师之职，有占卜之学问。根据存在即合理的观点，占卜之学，之所以源远流长，至今暗涌潜藏于民间，不被科学所取代，除了它本身可能有一定灵验之外，也在于它是一种心理上的安慰和需要。

弃我去者，昨日之日不可留。乱我心者，今日之日多烦忧。昨日已逝，如同灰烬，绝对不可更改。而今日之心，又被种种欲望牵念干扰，如身在罗网，不能解脱。所谓前途未卜。彷徨之时，对未来的预测，如果是吉言良语，固然能消除焦虑，增加人的信心，提前分享幸福感。如果有何不测，占卜的作用，还在于能逢凶化吉。或做善事，或做法术，让人趋吉避凶，顺利跨过急浪险滩，才是真正目的。

三国时传说神机妙算的诸葛亮，就是个占卜大师。他深通易学，每遇难事，就净手诚心，焚香祷告，然后在纸上写下三个字，根据易经进行解读，预测吉凶。如今诸葛神数还是常用的占卜方法。

神灵究竟有没有？对这个问题的回答永远有争议。心理强大的人，身处顺境中的人，自然不屑于神灵，他们觉得人定胜天，我命由我不由天。迷信的人，往往是弱者、困苦者、逆境中沉浮寻求解脱之人，这就是苦难最深重、地位最低的妇女最易皈依宗教的原因。但神灵，也永远像真理，像美，像幸福，像爱情这些事物一样，难以把握其实在。因为它并不对凡人轻易示现，渺若云气，似真似幻，只能被感应，却难以被逻辑证明。仿佛一掬水，你不用力去握，似乎在手心里，用力去把握，反而空空如也，愈发迷惑。大约用心想要把握的执着，也是一种杂念，反而有碍了神灵这绝对自由的存在。

当年汉武帝痴迷仙术，几遭尴尬，被贪心道士欺骗耍弄，赔了女儿，贴了财宝，也未求得长生。虽有雄才大略之名，但这一个污点却常为后世臧否。

《太平御览》里说，卜筮者，先圣之所以使民信时日，敬鬼神，畏法令，决嫌疑，定犹豫也。

周武王准备讨伐商纣王，让散宜生卜测。散宜生使用龟甲和蓍草起卦都失败。预定发兵前，暴雨不断，兵车难行。发兵那一日，军前的旗帜又突然断为三截。散宜生对周武王说，都非吉兆，不宜行事。姜太公则认为，圣人生在天地之间，衰乱之世，应该乘势而起。龟甲不过是一片枯骨，蓍草不过是一把枯草，它们怎么能够分辨吉凶？这几天的暴雨，其实是在为兵士们刷洗兵甲，发兵之日旗帜折断为三截，是预示我们要兵分三路，如此可以斩落纣王之首，这些都应该属于吉兆。姜太公烧掉龟甲，折断蓍草，亲自率军渡河杀敌，最终灭掉商纣王。

英雄做事，到底是大气魄，扭转乾坤的霸业，不问鬼神问苍生。但对一般的平头百姓而言，日常利益得失的微末小事，总是他们一生中患得患失的大事，又或者还被卜问本身的神秘感吸引，才会激发好奇，打卦占卜，问吉问凶，无非求个平安顺心。现在网上免费抽签算命很方便，有时烦恼的时候，我也去算过，那些网站的点击率非常高。可见天下易于焦虑的人，远不止我。

北宋有词牌，叫卜算子。想着在那暮春的季节，佳人坐在灯下翻着骨牌，或是站在树下，数着花瓣，向神灵卜问着远行爱人的归期或忠诚，这时，一种缓慢而美丽的相思，就诗一样氤氲了。

《散文》2016年第9期

评鉴 —— 与感悟

未来将要发生的，因未成形而具有一切可能的变数。卜问是道，或者不是道。因为心中有疑团，所以卜问，所以有了浅蓝对卜问的见解。作者没有对卜问大加称赞，把它当成了一种现象，存在于民间。信或者不信随意，但是事实就是事实，发生过的或者没有发生过的，顺其自然即可。（刘永贵）

若尔盖草原之美

/祁玉江

　　绵延起伏的万顷草地，青翠碧绿，一望无垠；群群牛羊好似散落在偌大绿毯上的黑白棋子，令人眼花缭乱，目不暇接。潺潺溪水不知从哪里缓缓流淌而来，清澈透底，波光闪闪。星星点点的村舍，毫无规则地布设在山坳间，门前积有小山似的干牛粪。天空呢？湛蓝而明净，低低地压在山峦上，伏在草地间，仿佛伸手可触。一疙瘩一疙瘩云朵飘来荡去，不停地变换着形状和色泽。黑鹰不时从头顶或眼前掠过，一刻也不停地逡巡着这片神奇的草原……这就是我对若尔盖大草原的直观感觉和深刻印象。

　　因了她的美丽，我再一次走近她。时令正值盛夏七月。这是若尔盖草原最美丽的季节。穿行在这绿色的海洋之中，躺卧在这翠绿而绽放着五颜六色花朵的草丛间，俯视着成群的牛羊，仰望着蓝天白云，嗅着牛粪和青草混杂在一起的特殊气息，亲吻着花草芬芳的草原大地，零距离地感受着草原无限之风情，真的让人很亲切，很温馨！仿似自己早已与天，与云，与地，与草原，与牛羊，与藏民融为一体。那草地翠绿鲜嫩，生长茂密，洁净无瑕，一尘不染。置身于这绿色海洋、花海世界，冥冥中犹入世外桃源！

　　这就是地处青藏高原东缘，四川、青海、甘肃三省交界地带，川西北阿坝藏族羌族自治州最北端的若尔盖草原！它与川西北的阿坝、红原、壤塘组成的3.56万平方公里的热尔大草原，是中国五大草原之一，也是继内蒙古呼伦贝尔大草原之后的全国第二大草原、中国的黑颈鹤之乡。早就被《国家地理杂志》评为"中国最美的高寒湿地"，素有川西北高原的"绿洲"和"云端天堂"之美誉。

位于若尔盖县城以北35公里，海拔3468米的花湖，是热尔大草原上的一个天然海子，属国家高原湿地生物多样性自然保护区，恰似镶嵌在大坝草原间的一颗瑰丽夺目的绿色宝石，恬淡安静，风姿绰约，是游人前来若尔盖览景的首选之地。极目远眺，浩原沃野，广袤无垠，水天一色，云蒸霞蔚。原野上绿草如茵，簇簇野花，五彩缤纷，牧歌悠扬，风情迷人，无不令人心旷神怡，肺腑尽涤！漫步在绕湖半周的木栈道上，但见烟波浩渺，水草丰茂，鸥翔鱼跃，云卷云舒。独特旖旎的自然风光与古朴多彩的民族风情交相辉映，潮湿的湖风扑面而来，清爽醉人，好不惬意，让人流连忘返！

草原上的天气说变就变。刚才天气还好好的，不经意间不知从哪里飘来一疙瘩云彩，几乎还没等你反应过来，骤然间便下起雨来。雨来得猛，去得也快，不一会儿就云收雨散了，远处天际间便跃起一道彩虹来，亦真亦幻，摄人心魂！更使人感慨的是，这来去匆匆的阵雨，人们并不嗔怪，而且愈发想让风吹雨淋。因为眼下正是炎炎夏日，气温陡升，日晒热蒸，人们正盼着降温呢！突然降临的绵绵细雨，就像阵阵凉风掠过人的脸颊，纯纯的，柔柔的，雨点扑打在人的脸上和身上，满心爽透！当然，云雨过后，整个草原就像水洗一般，更加青翠碧绿，极富生机，显示出它无与伦比的大美！

其实若尔盖的美，不仅仅是草原之美，它还有许许多多让人值得留恋，值得记忆的方面。县城达扎寺，小巧玲珑，干净整洁，建筑一律是低层藏式风格。白天车水马龙，热闹非凡；夜间店铺敞开，灯火辉煌，与想象中的偏远落后之地大相径庭。

发源于青海省巴颜喀拉山北麓的黄河，在流经若尔盖县城西南68公里的唐克乡索克藏寺前形成了九曲黄河第一弯。奔腾不息的黄河在这宽阔平坦的草原上绕来拐去，恰似一条摇头摆尾的长蛇，在夕阳的映照下，熠熠生辉，堪称若尔盖草原上的又一道美景。从四面八方纷至沓来的游客，或在黄河边戏水、游玩，或沿着木栈道攀上山巅俯视、拍照，将这美丽的风光尽收眼底，那忘乎所以的兴奋与激动不言而喻！

行进或徜徉在若尔盖草原上，我不由得想起当年中国工农红军爬雪山，过草地，长征二万五千里的感人情景。1935年8月底到9月初，毛泽东、党中央率领的红一方面军穿过茫茫草原，来到若尔盖大草原，面对严重的政治、经济危机，在距县城以东33公里的巴西乡班佑寺连续召开5次中央政治局会议，旗帜鲜明地做出了北上抗日，建立革命根据地的正确主张，又一次挽救了党，挽救了红军。

若尔盖的人更好。这个拥有1.04万平方公里的绿色土地，养育着藏、汉、回、羌、彝等12个民族的人民。其中藏族占到91%。这里是典型的牧业区，拥有牛羊数量的多少是衡量牧民贫富的主要标准。广大牧民尤其是藏族同胞，勤劳善良，以牧为生，节奏缓慢，悠闲自得，善待生灵，热情好客。当你走进他们的家舍，他们必定会用热腾腾的酥油茶和奶酪饼、牦牛肉来款待。他们祖祖辈辈繁衍生息在这片土地上，视草原为生命，在利用中保护，保护中利用，从而长期形成了以草养畜、以畜致富、牛粪当柴、畜粪肥草的自然良性循环和生态链，使这片天赐草原生生不息，给当地人们提供了取之不尽、用之不竭的丰厚资源。

导游并驾车服务我们的是藏族小伙子拉布，只有二十四岁。人长得英俊潇洒，大有康巴汉子的气质和风韵！他原是九寨沟演艺团的一名歌舞演员，后来离开了演艺团，自费购买了一辆小轿车，做起了导游服务营生。在与我们相处共事的两天里，拉布态度和蔼，服务周到，诚实守信，可亲可敬！他将服务费一压再压，压到几乎无利可图的地步。他说自己不图赚多少钱，就图个好交情，游客的满意程度是他最大的追求。是的，每次外出，他总是早早地等候在酒店门前，从不晚点；我们想去哪里他就拉到哪里，毫无怨言！一路上，他尽可能地将他了解到的草原文化讲给我们，令我们很受感动。与拉布握手告别，在即将离开若尔盖、离开大草原的时候，我心潮激荡，热泪涟涟，不由得脱口而出：愿拉布一家，愿草原上的人们，也愿天下所有的好心人一生平安幸福！

美丽的若尔盖，天赐的大草原哟！我什么时候能与您再次重逢呢？

《陕西日报》2016年8月4日

若尔盖草原很美，美得不能再美，因为祁玉江。祁玉江用流畅舒缓的文字告诉了我们一个很美很美的地方，这个地方叫若尔盖草原。这个地方万顷草地，青翠碧绿，一望无垠；这个地方的人勤劳善良，以牧为生，节奏缓慢，悠闲自得，善待生灵，热情好客；这个地方留下了红一方面军的足迹。看完此文，我似乎去了一趟美丽的若尔盖草原。
（刘永贵）

行走的河流

/贾哲慧

冰山脚下的几滴水聚成一汪小泉，小泉不安于寂寞、嬉戏、跳跃，最终骗过父母的耳目，逃离，一路汇入不少志同道合的溪流。这支队伍当初只是贪耍，并没想会走多远，打死也没有跨越大半个国家扎入大海的想法，但它们却实现了，虽然路途曲折，绕了不少弯路，就像一个人，坎坎坷坷，终于还是走完了自己的一生。

成长期的河流一心向往远方，由涓涓小溪汇成汹涌大河，渐渐地，发现路无尽头，有些索然了，步子变得沉重，思乡的情绪越来越浓。宁夏中卫沙坡头，腾格里沙漠边缘，思乡的河流迷失了方向，一路往北，与故乡巴颜喀拉山相隔数千里，地表则是小江南的色彩和风景，身后两道铁灰色山门将后路堵死，使它不再怀有南归的想法。河流一路延伸，一路滋润这方黄土。西边有巍峨的贺兰山护卫，傍身的是丰腴的河套平原，这里有一方小气候，葡萄遍地飘香，河流被熏醉了，晃晃悠悠地北行，已不再激昂，似乎沉迷于这方地域。

流浪的脚步突然有一天收住，河流的思想拐了个弯儿，西边有高山阻挡，只能向东。

阳光是催生的，河流的希望重被点燃；希望不是回望，而在远方，河流不再沉迷和思念，它的心情和步子都欢愉起来，不再是初生时的盲目贪耍，而是向往新生活的奔腾，尽管也有一些逆流的浪花，但汹涌洪流席卷着它们一路向南，终于在一个阳光灿烂的早晨一脚踏入了晋陕峡谷。

对于一条河流，经过一段如此豪迈的历程是过瘾的，一路高歌猛进，几乎没有什么阻碍，又不是一泻千里的湍流，该急则急，想缓则缓，尽享自由。

人们都说这条河流九十九道弯。弯则何为？水遇岩岸，水性柔，石则刚；倘若洪水遇平原，则像女人敞开的怀，白亮亮，黄浊浊，裸露得灼眼，大煞风景。河流蛇行，蛇曲为美，曲得圆润，曲得阴柔。河流经过大风大浪，从高原一泻南下，后来又匆匆北上，错过了展现婀娜身姿的机会，幸亏离终点还很遥远，又进了峡谷。

河流原本雪水一般清纯，进入河套，在黄泥里打滚，变了颜色，成了一线黄汤，幻成了黄蛇。黄蛇逶迤而行，起初有些莽撞，不歇息地撞着两岸，将身体弄得很疼，弄得脾气很躁。老牛湾是黄河入晋的第一湾，晋陕峡谷的第一次曲身，莽撞得很，撞得差点碎身粉骨，撞得山嚎叫，水咆哮，水雾化为汽，笼罩在村子头顶；村子阴湿得紧，凝重的雾似乎随时会扑将下来；水车呜咽，筏子艰难前行，一处好风景被狂躁的水生生搅浑了。

喘着粗气一路撞到碛口，水域宽了，河流似乎也平心静气，不再与自己过不去，不再匆匆忙忙赶路。河流学会了散步，学会了在商人的筏子上嬉闹，爬到他们的鞋子上，跳进他们的羊肚子手巾里，钻入他们温热的脖颈——水太凉了，需要找个地方暖暖身子。碛口有灯火，有车喧，有琴书，月亮之下，河流会在某一刻停下脚步，哪怕只停一秒钟。

河流悟到了许多事情，不再急躁。尽管有时还得匆匆赶路。河流学会了闲情逸致，学会了携风曲行，顺路曼舞，将身子扭成蛇，将峡谷变成了舞池。河流来到永和地界，已达游刃之境，一次次华丽转身，尽显青春的活力和优雅，蕴着文化的节奏，将浑身的精气展开，形成了河流最为绚丽的壮景。在这里，青春的河流爱上了永和，那个从甘肃境内就同行的名叫伏羲的黄脸酋长被永和岸边通红的枣树绊住了脚，他与裸着上身腰缠树叶的一干人索性歇在这里不走了。这方草木田土同样迷住了河流，脆甜的红枣勾住了河流的魂，河流扭动着身子不愿离去；但河流的脚步终归是要走下去的，奔腾不息、无尽无止，才是河流生命的全部意义，于是只好放缓脚步慢吞吞地走，晃悠悠地绕，每一次扭动都是一次回望，看着这里深爱的一切，最终河流绕了一个近似完美的圈，那么周正，多么优美，凸显天地之灵气、乾坤之轮回。

恋爱中的河流尽显永和之和，它的流速是那样地充满柔情。将脚插入水中，静静地抚摸，如同母性的慈爱，这也许是世间最有色彩最有分量（含沙量大）的河流了，正因此，它的厚重与博大才无法估测。万里河途在这里算是最为平和的一段，也由此，岸边筑起一个小山村，专为被洪水吞噬的生命进行打理。人说这条河流的色彩是单一的黄，在这里，并不尽然，河流的色泽随时节变化，昭示着河流的小情绪：小惊，小喜，小忧，小伤。

只是河流不知道，晋陕峡谷的壶口还在等待着它最后惊天动地的一跃；然后几度疲惫，摊开身体，仰面八叉，浪荡而去。

《山西日报》2016年3月16日

评鉴与感悟

在贾哲慧的笔下，河流在行走。阳光是催生的，河流的希望重被点燃。在贾哲慧的思想意识里，河流就像一个人，有生命也有思想情怀。顺着流水的方向，顺着贾哲慧灵动的文字，一边看，一边想象，想象高山与河流，想象清澈与浑浊，也可以想象河流边的人。河流在行走，行走在北方大地，行走在贾哲慧的笔下，很美！（刘永贵）

品味篇

大豆的声音

/衣水

一粒大豆从豆荚里蹦出来的那一刻，是一声胀裂的脆响，它感觉整个世界都静默了。我只看见滚圆滚圆的豆粒，金灿灿地射向它的未来，抛出一个不安的弧度，就消失在开始热闹的豆田里。

一粒大豆，脱出罩衣，鼓足蛮劲儿，满是新鲜地望着深秋的阳光，深情款款；憋了一个夏天的豆粒，终于忍不住鼓胀的心，它让自己深陷在自己的爆炸声里。

一粒大豆从豆荚里蹦出来，然后砰的一声，会把我从梦中惊醒。我试图回到梦中研究一粒大豆的炸裂，却是再也不能深入一层。每每"砰"的一声脆响，然后是一片沉寂，我只能在响声和沉寂之间惊醒。

不过多年前，在自家的豆田里，我见到过这样的豆荚。

这是一个自然成熟的豆荚，它长在豆棵的最上端，又在主干上，过早吸足了水分和阳光，便率先向世人敞开了胸怀。一粒大豆，两粒大豆，从它的两个包荚里蹿到地上，满怀喜悦地抗拒了自己的命运。它们不会被农人收割了，也不会被农人捡到豆缸里。在一切还来得及挽救之前，它已经在湿润的泥土里，吸足了夜晚的露水和白天的阳光，它发芽儿了。

细看这两片嫩嫩的芽叶，一天一个样子，越长越大，颜色也浓郁青翠，它们越来越像两只闪烁不定的大眼睛，藏满了它的不屈服的志气。它要赶在大收割之前，再次开花、结果和成熟。它在炙热的成长里紧张攀援，我很羡慕这样一棵豆苗，它是在经历诸多不容易的另一个人生。

这样一棵豆苗，或者两棵豆苗，从参天豆棵的缝隙里捡拾了一些支离破碎的阳光，憋足萌动的劲儿，按捺住跃跃欲试的心，它在等待夜晚的到来。在梦境之中，豆苗们一天长高一大截儿，仿佛它们只是在夜晚偷偷地生长似的。我知道，是夜晚的舒适凉爽，让它们静下心来；是夜晚的月光金黄，濡染它们的少年理想；是夜晚的金风玉露，让它们摇曳在成长的快感和憧憬之中。

这样一棵豆苗，不断地在我的梦境之中长高，也在它自己的梦境之中长高。现在，它已经同参天豆棵一样高了。它可以沐浴头顶上一整块的阳光，也可以在风中左右摇摆。它开始感觉到摇摆是一种成长的舞蹈，忽前忽后，忽左忽右，身子是它的姿势，也是它成长的刻度。它把身子摇摆成一种前进的誓言，向着月光，向着后半夜的露水，它的眼眸里闪着两粒奇异的火花。

它从自己的梦中醒来，我看见它的疲惫和紧张。它已经长出了无数个豆荚，这是后半夜的月亮，照亮了它的来之不易的收获。露水洇湿了夜晚的豆荚，仿佛如梦初醒，它们要在兔儿丝的死缠烂打和一路骚扰中，开始唱着火辣的情歌，鼓胀饱满的胸，那里面储满的是它们甜蜜的爱情。

可是它们还没有成熟，却已到收获的季节。农人只好把它们留在豆地里，留给深秋更凌厉的风。可是在梦境之中，我让一些鸟雀飞来，啄走了在风中摇摆的豆荚，飞过树林落到远处的山坳里。它们开始挺着鼓起的胸膛，把自己深深埋进另一个抗争的梦里了。

一个清脆的炸裂，一粒大豆从豆荚里蹦了出来。

我从一粒大豆的梦境里走出来，看见自家的一片豆田长势喜人。此时此刻，秋风正紧，豆棵上一个个豆荚欲张开毛茸茸的嘴，似乎在吹响一杆横笛，整个豆田噼噼啪啪，悠悠扬扬。

《人民日报》2016年2月20日

与其说是大豆发出的声音，不如说是理想曾经爆发的一声吼叫，只是这声吼叫之后，似乎再无回音，消失在苍茫时空里。其实，很多时候，我们每个人曾经怀有的理想何尝不是这样的呢？有理想有追求，就是不一样的人生。文字富有诗性，充满飞扬情怀。（喙林儿）

干饭、水饭与稀粥

/何　申

　　我挺爱吃小米饭的，干饭、水饭、稀粥，都喜欢。这和我当年插队有关。塞北不产麦子见不着白面，小米就是上等粮食。那时口粮少，大部分是红薯，只有来客人才舍得做顿小米干饭，平时多喝稀粥。五黄六月旧粮将尽新粮未下，形容粥稀到啥样有顺口溜："进了社员门，稀粥两大盆。盆里映着碗，碗里照见人。"说是晚上点油灯盛粥，碗没到，影儿先到粥盆儿里；喝粥，嘴没到，脸先映在碗里。

　　塞北缺水，谷子耐旱，山里温差大，把底肥施足，春华秋实，待到北国艳阳天长风一吹，"沉甸甸的谷穗，就像那狼尾巴……"抗日战争时期，热河省境内大山里八路军游击队奋勇杀敌，其中小米饭功劳不小！日本鬼子急了眼，沿长城搞"千里无人区"集家并屯建"人圈"，出入不许见粮食。老百姓就在地里用手掌将谷子搓下来，藏在山洞里。山洞风凉，谷子又不爱生虫，战士们用河卵石在石板上脱壳，脱出的新小米金粒子一般，用山涧清水淘了，支锅做熟香甜可口，吃了浑身有劲打鬼子。解放战争黑山阻击战，热河老百姓支前用独轮车，一边一大袋小米，家织布的口袋，坚实得很，翻大岭过长城，一粒都不漏，路上自己吃红薯干。

　　话说回来，做小米干饭看似简单，但做好实不易。在乡下，新娘妇是否心灵手巧，做锅小米干饭就看出来。巧的，响边水下锅，沙净，煮到小

188

米伸腰，用笊篱捞出，再放进锅里用小火慢慢焖。焖好的小米饭金光灿灿，松散散一粒一粒，谁也不粘着谁，吃到嘴里肉头头的。笨人，水凉水热，开锅就成粥。

所以，那年月姑娘没出嫁前，当妈的得教她怎样做好小米干饭。像我们第一批到塞北的知青，一两个人分一个生产队，第一件事就得做饭。咱也不知道小米下锅还得"沙"，倒锅里就煮，熟了一嚼都是沙子。后来社员手把手教，就学会了。水饭则是夏天吃，煮得小米"开花"，搭出，放入刚挑回的拔凉拔凉的井水里，凉热交汇，连米带水吃，爽快至极。那时油呀肉呀都少见，吃水饭最好的佐菜是"盐豆子"——黄豆炒熟放碗里，倒进盐水，豆子吱的冒股气，赶紧盖上焖着。"盐豆子"有嚼头，但很咸，和吃盐粒差不多，下饭，牙口不好享受不了。

吃小米干饭，就需要做点好"嚼咕"了，最棒的是"水豆腐"。所谓"水豆腐"，就是用卤水点豆腐时点得嫩些，然后连汤带豆腐倒在细高粱秆箅子上，汤一点点漏到下面盆里，豆腐如莹莹棉朵如玉雕雪山堆在你面前。盛碗里，放上"盐晶"（咸佐料），鲜嫩无比，就小米干饭吃，没够，我曾撑得下不了炕。可惜，这样的饭在当时轻易吃不着，也吃不起。社员一家七八个孩子，几半大小子，看着小米干饭水豆腐，眼珠瞪圆，狼似的，弄不好能撑坏。我见过一家吃干饭的情景：一个小子面前一大碗凉水，喝光了，控碗，没一滴水，这才给盛饭……

后来我们回村里，点名要小米饭水豆腐，乡亲说，杀猪了，吃那个干啥？不过我们还是吃到了小米饭水豆腐。那次在村里除了吃了小米干饭水豆腐，还喝了顿小米粥。大铁锅烧柴熬的小米粥就是香，粥上浮着一层粥皮，半透明，吃到嘴里就化了。大家喝得高兴，我就说起当年我请诸人喝"煤油粥"的乐事：

1977年邓小平同志复出，有消息传来，要恢复高考，上大学将实行"考试入学"，知青一片欢腾。有天晚上其他队的同学都聚到我这儿，我熬了一锅小米粥招待大家。我那房子两间屋，没隔断，灶台连炕，当中有一小矮墙。天黑了，我特意把煤油灯添满，灯捻儿挑大，点着放在墙上。那灯是最简单的黑瓷的，没玻璃罩，挺能盛油。

正说着怎么复习，粥开锅，香味儿弥漫在屋里，让人胃口大开。按理还得糗一会变得稠一些才好吃，但有人就等不及，掀开锅盖抓过勺子就要盛，在炕上的隔着矮墙也动手，结果胳膊一带，就听咕咚一下，粥没上来，灯下去了。粥稀，掉下去就没影了，屋里顿时一片黑。这可怎么办？吃别的，没有。同学中有物理课代表，说实验课咱做过，油比水轻，赶紧撇米汤。就撇，然后一人分一碗，闻闻果然差些，又笑道：看来还得有文化呀，快喝，回去找书抓紧复习。

于是，大家都憋着气往嘴里倒，忽然有一同学咬着什么问：还有萝卜条？往外一拽，是灯捻儿。

《人民日报》2016年3月2日

评鉴与感悟

朴实而充满生活情趣的文字，某些细节细到可以参照着做出一顿热气腾腾的饭来，从农村出来的孩子，现在也恐怕很难准确地说出那些日常餐具了。结尾令人哑然失笑，苦中有乐。（喙林儿）

茶味人生

/张文雄

情有独钟，人各有好。有人慕松，有人喜竹，有人赏梅，我独爱茶。

茶，自在。一株茶树，简简单单，只要有立身之地，就什么也不会计较，山坡上、田埂边、岩缝里自在生长，而且往往"高山云雾出好茶"，鲜见有人将茶树当盆景来伺候。一片茶叶，朴朴实实，尽采山川风露之精华，率先绽放鲜嫩之新叶，即使让人采摘殆尽，也无怨无悔。一座茶园，密密匝匝，树与树、枝与枝、叶与叶互帮互衬，从不你争我夺，宛若一堵绿色城墙，又像一支整齐的队伍。正因为茶树普通得不能再普通，人们在享受茶的无穷意蕴时，有谁牵挂过茶树呢？《庄子》里边讲，"相忘以生""忘适之适"。茶悠然自处、恬然自适，答案就在"忘"字。脱离了名缰利锁，活出了率性真实，故能圆融自在。

常言"早起开门七件事，柴米油盐酱醋茶"。茶事是市井瓦肆、寻常巷陌、乡间村野的百姓生活，素来不离人间烟火，俗得不能再俗，平常得不能再平常。粗茶淡饭，"寒夜客来茶当酒，竹炉汤沸火初红"，这既是俭之所在，也是人之常情。在开门要办的七大俗事中，茶尽管排在最末，实际上又占据首要的位置。除了老话讲的"宁可三日无粮，不可一日无茶"，茶其实是口腹之欲满足后的更高层次需求。窘可"大碗茶"，闲则细品茗。如若衣食足，便有闲工夫喝茶。可见，茶与人息息相关，既是日用必备，也是精神追求。

人固不能免俗，然人皆有雅致。一碗茶不仅折射俗世生活，而且映照精神世界，承载文化景观。相传神农尝百草，"日遇七十二毒，得茶而解之"。所以，古人把茶称作"嘉木""瑞草""仙茗"，是要"贡五侯宅，奉帝王家"的。过去民间进贡茶，"时新献入，一世荣华"。这说明，茶的出身其实是蛮高贵的。而在文士眼里，"琴棋书画诗酒茶"七大宝，茶是贯通其他六艺的，古诗词中常见有"听琴煮茗送残春""茶烟一榻拥书眠""诗清只为饮茶多""舌底朝朝茶味，眼前处处诗题""堂空响棋子，盏小聚茶香"等等之类的吟咏。不仅如此，茶还是状物感怀，抒发胸中块垒的仰赖之物。据说，东晋志士刘琨每"闻鸡起舞"必先饮茶，原因即在"体中溃闷，常仰真茶"。至于佛门寺庙，种茶、制茶、饮茶之风向来盛行，东晋时名僧慧远就曾在庐山植茶，敦煌行人单道开以饮茶苏助修，故有"禅茶一味"之说，意思是品茶如同参禅。到了唐代，喝茶蔚然成风，出现了茶圣陆羽写的《茶经》。自兹，茶作为一种文化广泛渗透到社会各方面，制茶法有唐饼茶、宋团茶、明叶茶、清工夫茶，饮茶法从唐煮茶、宋点茶、明泡茶而清沏茶，由此又产生茶具、茶厂、茶行、茶室、茶馆、茶经、茶书、茶画、茶道。茶由药用而食用，而饮用，而艺用，而禅用，这就有了艺术身段和文化意蕴。茶还是茶吗？不是，而是文化。茶溶于水，茶亦融入文明。古代中国不仅"以茶治边"，还借由丝绸之路、茶马古道把茶叶运往境外，茶在诸多重大事件中串演了文化使者、政治筹码的关键角色。由是观之，茶出入雅俗之间，无俗即无雅，其雅亦若俗，此间意蕴，尽显茶之本真。

世人都讲"最是知己便是茶"，苏东坡也有诗云"从来佳茗似佳人"。茶是人格化的"知己""佳人"，是助人排忧解愁的心爱之物。饮茶与其说是孤苦无助的内心独白，不如说是从容淡定的心灵对话，人道沧桑、万般心事都收纳于它的浮浮沉沉之中。因此，茶性蕴含茶德，茶德可悟茶道。何以见得？一曰隐忍。从采摘，杀青，揉捻，到焙火，最终还要经受沸水的考验，哪个环节不是百般蹂躏，万般折磨。茶始终隐忍，不忘初心，越是揉捻越能浓缩生命的精华，一遇沸水反能散发奉献的清香，为众生解渴、排毒、提神、怡情、静心、养性，从不讲求回报，可以说是"证得涅槃，普度众生"。人生之修亦如是，只有历经栉风沐雨的砥砺，才能释放出人生的一脉幽香。古代的禅僧礼佛前必先吃茶，居士修行先要"焚香""煮茗"，都喜欢把日子浸泡在茶里，为的是过滤杂念，悟出菩提。坐禅、参禅的背后，下的正是一番隐忍的功夫。佛学大师赵朴初说，"空持百千偈，不如吃茶去"。禅师从一片茶叶悟出许多佛法，涵养出云水禅心，难怪"无僧不爱茶，有寺必有茶"。次为贞洁。据《茶经》载，煮茶对水的要求最高，"用山水上，江水中，井水下"；也有诗言茶"洁性不可污，为饮涤尘烦""竹灶烟轻香不变，石泉水活味逾新"，都讲的是煮茶重水品，须是纯净、不受污染的活水，表明茶质玉洁不染，不容浊物。在古代婚俗中，之所以流行以茶叶作聘礼，就是因为"茶性不移"，象征男女爱情的专一和坚贞。再则清和。采茶讲时令，煮茶重火候，茶汤求均匀，水质决优劣，体现了和美、清静的自然法则。"欲达茶道通玄境，除却静字无妙法。"茶使人从杯盏中得到豁达、平和、恬淡，对清心修行、澄心静虑大有裨益。唐代有人把饮茶的好处提炼为"十德"，即散郁气、驱睡气、养生气、除病气、利礼仁、表敬意、尝滋味、养身体、可行道、可养志。照此说来，这"十德"既是茶性、茶品，也是茶德、茶道。

　　茶有浓淡，有冷暖，亦有悲欢，有情怀。有人说，喝咖啡的潇洒，喝酒的狂放，喝茶的含蓄。是的，茶没有咖啡苦，没有白酒烈，有的是本色滋味。杯盏之间，缕缕芬芳扑鼻而来，似空谷幽兰，又如桂香来袭。啜一小口，神清气爽；再啜一小口，沁人心脾；细细品茗，荡气回肠，正如古人所说"细啜襟灵爽，微吟齿颊香"。很多时候，煮茶品茗更像是面对人生。饮茶不过拿起、放下两个简单的动作，过于执念于色、香、味、形，则难免举放失宜。人生的得失、宠辱、进退、甘苦，更应拿得起，放得下，很多事不能纠结于心、一味执着。茶香氤氲的日子最为悠闲，"落日平台上，春风啜茗时"，或夜对明月，或晨伴朝霞，水是沸的，心是静的，"心注一境"，宁静致远。如是，三五个友人围坐香樟院落，打来深山老泉，煮茶论道，畅谈古今，吟诗作对，泼墨挥毫，正如有联所云"说地谈天，且以烹茶寻雅趣；怡情悦性，还从赏月借春风"，其情其景，品的还是茶吗？分明品的是一种心情、一种缘分、一种氛围、一种精神状态。

　　人生如茶，茶如人生。茶在开水中浮沉，人在社会中沉浮。品茶就是品人生。茶要细细品味才有滋有味，人生也是这样。茶浮茶沉、茶暖茶凉、茶盈茶虚、茶浓茶淡，都是人生滋味。有此心境，何来人走茶凉、茶尽杯空的感叹？

《人民周刊》2016年第17期

评鉴与感悟

这是一则文化小品，驳杂随意如雅舍闲谈，韵味十足，但"茶"这一主题毕竟是老生常谈，不好写。我独爱作者能于市井瓦肆、寻常巷陌、乡间村野之间出发，进而寻出佛道茶禅的巧思，有如闲庭漫步，又如茶香慢煮。以文意而言，此篇或称为"茶德赋"更妥当乎？一笑。（石囡）

姥姥的带鱼

/缪惟

单位附近有家小餐馆，面积不大，装修也很朴素，这么一家不起眼的小店，倒成了我的第二食堂。凡是来了朋友，我都会领到这家小店来用餐，而且每餐都少不了一道菜，那就是红烧带鱼。之所以餐餐都要点它，是因为我觉得这道菜里有"家"的味道。

四方形梅子青的碟子里，整齐地码放了七八块二寸来长的带鱼，鱼肉呈酱红色，轻轻夹起一块放在唇边，一股浓郁的醋香顺势就飘进了鼻孔，这股醋香瞬时就能让你食欲顿开。放在嘴里慢慢地品着，肉质咸香、紧韧，很有嚼头。鱼肉在口腔里继续散发着魔力，眯起眼，静下心，你可以缓缓地品出佐料中各种调味品的味道，花椒、大料、陈皮、山楂，料酒很特别，想必是不错的花雕；醋用的是一绝，不是山西的老醋，应该是镇江的陈醋。

想要烹制好带鱼并不容易，佐料、火候不到位，肉质就会稀散，还会带有鱼腥。而佐料、火候大了，肉质就会焦干，失去了带鱼应有的鲜味儿。所以能品尝到烹制恰到好处的带鱼，实在是件不易的事。不夸张地说，我所吃到的最好吃的红烧带鱼只出自两家，一是我姥姥的私房绝技，还有就是单位附近的这家小店了。自从姥姥驾鹤西去，她的红烧带鱼就随之带上了西天，我在一个极偶然的机会，发现了这家小店的红烧带鱼，居然做出了与姥姥相媲美的水准。

北京人吃带鱼是有讲究的，一不能着急，二不能糟践。看老北京吃带鱼是一种享受，透着一派皇城的"范儿"。记得东屋的钱大爷是吃带鱼的高手，老爷子一袭黑衣黑裤，长脸上一年四季永远泛着光亮，更把眉心的那颗黑痣映衬得很夺目。钱大爷吃带鱼颇具仪式感和观赏性，光看那些食具就已经让你开了眼。老爷子喜欢用老景德镇的玲珑瓷，那几件剔透精巧餐具据说是民国传下来的老物件儿。那双象牙筷子更是不同寻常，听说来自东洋，是钱大爷年轻时一个日本相好留给他的信物。象牙筷子捏在钱大爷细长的手指间，那么优雅，仿佛就是给老爷子量身定制的。

钱大爷每顿只吃三块带鱼，而且一定是取自带鱼中段肉质最丰润的部位。每次吃带鱼，老爷子必定要小酌两杯热酒。只见他笔直地坐在榆木圈儿椅里，在小酒杯里斟满了加热后的白酒，然后一手端杯，一手托底儿，稳稳地把杯子举到鼻前，微闭双眸，深深地吸一口气，好像要把酒香统统吸进鼻孔里。嗅过了酒香，老爷子把双唇紧贴在杯沿上，稍抬下颚，两唇同时用力一嘬，伴随一道清亮的吸气声，小半杯酒就进了钱大爷的嘴里。老爷子并不急着下咽，而是让酒在嘴里打着圈儿，在品尽了酒的甘醇后，才缓缓地咽进了肚子。琼浆下了肚，钱大爷用象牙筷子稳稳地夹起了一块带鱼，开始了他绝妙的演出。只见他把鱼平行地放在嘴边，微开双唇，用门牙快速地剔除鱼段两侧的细刺，其动作之微小、姿态之得体，真让人不得不服。不消15秒，钱大爷就不动声色地处理完了鱼段两侧的细刺。

一个阴雨连绵的傍晚，我又独自走进了那家小店，寻了个靠窗的位置坐定了。老板娘热情地给我端了杯滚烫的白开水，"今儿怎么一个人呢？吃点什么？""想清净清净。还是红烧带鱼吧，再来碗米饭。"

菜上得很快，我尝了一口，还是那般老味道。只是觉得料酒换了牌子，香料也少了两味儿，醋也不是镇江陈醋了，火候也欠了点儿，"老板娘，您这儿换厨子了？""是啊。老陈上礼拜回老家了，不过他好歹还给我带出了个徒弟，这菜就是他徒弟做的，您给品品，咋样啊？"

我的心情一下子就变得像窗外的天气，阴冷。从我呱呱坠地到成家立业，姥姥是始终陪伴我身边的亲人。她让我思念的何止是红烧带鱼的味道，她老人家的疼爱和教诲才是我永远魂牵梦绕的怀念。

姥姥，又赶上阴雨天，您的腿还疼吗？明年清明孙儿哪也不去了，一定到您的墓前磕几个响头。还有您爱吃的萨其马，孙儿也不会忘了，咱们买稻香村的。

《文艺报》2015年12月14日

评鉴与感悟

那不是吃，而是品，品评到里面调料的具体产地。姥姥虽然没有出现，姥姥带鱼的神气儿却出现在了小酒馆的碟子里、邻居大爷那双讲究的筷子间。咋看结尾是普通的孝道，回过神来，还是一个讲究，讲究到对姥姥的供品具体到某某牌子。高雅，大雅，派头，范儿，诸如之类的词汇行走于字里行间。（喙林儿）

"食"文解字

/陈绍龙

羹

"喝吧。"

冬燥,口干,唇上起了层"锅巴翘"。我不时地用舌头舔,把唇润湿,这样舒服些。不过两日,唇上的"锅巴翘"倒落了不少,哪知,患处却布满了血印,像涂了口红似的。多有不适,感到很是难受。爱人见状,说上火了,忙着买了莲子、白木耳、枸杞、冰糖熬了半锅的羹。一大早,她便把莲子木耳羹端到了桌上。

熬煮过的银耳粉嘟嘟的,与白瓷碗浑然一体,浓稠而有质感,素雅清淡,绵糯玉润。莲子已花,瓷白的莲子仁混搭其间,嫩绿的莲心和赭红的枸杞成了点缀,纵使色彩对比鲜明,却也不闹不喧,玲珑剔透,透着高雅和静气。汤匙在碗边划拉,一时都不忍搅动。

"自此长裙当垆笑,为君洗手做羹汤。"配料,清洗,厨间忙碌,洗手更衣,小火慢炖,静心地守候,小心地观照,耐心地等待,氤氲的雾气里,笼罩着羹的味道,家的味道,爱的味道。我不比司马相如的才气,爱人也没有卓文君的财产,共有的却是彼此真实的生活,相濡以沫的日子都叫一杯羹吐露着浓浓的热气。

在古代,羊乃食中至尊。在古人们朴素的意识里,拥有一只"大羊"

198

才是"美"的。中原农牧民族羊为鲜。"羹"中有两只"羊"。"羹"之美自然不容怀疑。"六月槐花飞，忽思莼菜羹"，岑参见花思羹，不怀疑他对羹的钟爱；"滑忆雕胡饭，香闻锦带羹"，杜甫在胡饭里嗅到了羹的美味；"正是如今江上好，白鳞红稻紫花羹"，韦庄说的更是直接，江上好的时光里，食紫花羹那是一定的喽。猜想也罢，推测也罢，思念也罢，羹如诗美，在诗人的脑子里，在食客的心中，早已扎下了根。

隔壁一张姓邻居，叫张家根。而他偏偏好吃螃蟹羹。自己也会做。他开了一家小餐馆，螃蟹羹成了他家的招牌菜。螃蟹羹鲜香滑腻，营养好。他说螃蟹羹是羹中的佳品。每年秋季螃蟹上市的时候，他都会买好些螃蟹回来煮熟，去壳，敲开螯，用牙签把里面的蟹肉细剔出。然后把蟹肉、蟹黄、蟹膏打包放在冰箱里，留日后做螃蟹羹，差不多能吃上一年的时间。更有意思的是，他的餐馆的名字就叫"张家羹"。好些吃客到他小餐馆吃饭，也都是冲着螃蟹羹去的。

早年家贫，奶奶却能给全家做出一锅鲜美的豆腐羹来。说是豆腐羹，其实，也不过半块豆腐。葱、姜煸出香味，把胡萝卜切成丁，将海带切成发菜般的细丝，豆腐切成豆粒大的方块，半锅的汤里仅有的豆腐和海带们依然显得料少。奶奶毕竟是做羹的好手，她把一只鸡蛋打成花，放在沸水里搅动，说也怪了，蛋絮细若游丝，仿佛满锅都是，最后，加上山芋粉的勾芡，整个一锅羹变得内容丰富起来。豆腐白，蛋花黄，辣椒红，海带褐，色汁好看，亦菜亦汤。要是在豆腐羹上淋几滴麻油，或是再放些炒香碾碎的花生米，那简直是羹中的极品了。这是我奶奶说的。我在奶奶的描述中有过好多美好的想象。其实，奶奶做的豆腐羹已经很好吃了，那淋过麻油，加了碾碎炒香的花生米的羹是什么味呢？羹如诗，奶奶对羹的描述也就这样搁在了我的心里，使我对羹有了更多美好的期待。这样的期待成了憾事，自小，我就没吃到那淋过麻油，加了碾碎炒香的花生米的羹。好多年过去了，如今，吃上那淋过麻油，加了碾碎炒香的花生米的羹也决不是难事，奶奶早已离开了我们，这，又成了我心中更大的憾事。

鲜

"鲜"是一道菜。鱼羊鲜。

那天到饭馆"小菜香"吃饭，老板娘亲自端上来一碗汤，并没有立时离开，望着我。她间或余光飘过汤碗。我猜出了她的心思。小菜香门脸不大，老板娘也兼做厨师。我是熟客，有什么拿出手的菜品她会让我给她"提提意见"。

我舀了半勺入口，像是认真地在品尝。

"鲜!"

听到我的评价，老板娘紧张的脸片刻放松了下来，笑意散开，像是有一串小鱼忽儿兴奋地在眼角四下逃窜，进而泛起了水花。

在老板娘转身的当儿，我又不禁把勺子伸进汤碗。汤，乳白醇厚，散开的热气也变得绵柔细软，丝丝缕缕，一时间，屋子里满是香气。什么汤？同桌的几个朋友自然难敌我"嘶嘶啦啦"喝汤声的诱惑，跟着拿起了勺子。只是一会儿，几只勺子在碗边划过细响之后，汤穷鱼现，碗底还有细碎的肉丁，是羊肉。

"鲜!"

"鲜!"

朋友跟着呼应起来，夸说菜的好。哪想，我不经意说出的一个字，却叫我言中了菜名。

中国字表意。中国字有味道。望字生义，生出一道菜谱来。有人打起了"鲜"的主意，做出了这道菜。

"鲜"成了一道菜。叫我想不到的是，这道菜还曾是宫廷菜。在南宋称它"鳖蒸羊"，口味与"鱼咬羊"相类。小菜香的老板娘称这道菜叫"鱼羊鲜"。

北方人以羊为鲜。南方人以鱼为鲜。北方多山。南方多水。盱眙原属安徽，20世纪50年代划归江苏，地处淮河岸边。淮河秦岭一线是南北的分界线。鱼羊同蒸，聚南北两鲜于一盘，能做出一道"鱼腹藏羊"的鱼羊鲜来似乎是顺理成章的事情。鱼羊鲜骨酥肉烂，不腥不膻。后来我才知道，鱼羊鲜是徽菜中的名品，想来自然不怪。

做鱼羊鲜用鲜腮鱼，鲫鱼居多。鱼取下头尾，不宜过大，不出一斤为佳。带皮羊肉，切成方块。鱼煎至皮黄，佐以姜、葱煸出香味，放入肉丁，小火烧煮，大火收汤，绍酒去腥，胡椒去膻，白糖提鲜，酱油着色，菜心添彩。

传说有个农民带着羊过河，羊不慎落水，鱼争而食之。有渔民轻舟荡过，撒了一网，捕上来的都是肚子里装满羊肉的鱼。渔夫不舍羊肉，于是连鱼一块蒸煮，出锅的鱼奇香无比，继而名声大响，多有仿效，"鱼羊鲜"便在江淮一带流传开来。

传说罢了，我不信。鱼能撕开羊皮？做鱼羊鲜的多为鲫鱼、草鱼，它们哪有"食人鱼"锋利的牙齿，水虎鱼们在南美亚马孙河呢。生拉硬扯把"羊"与"鱼"搁一块了。传说自然无须考证，也没法考证。这也无妨。鱼羊鲜倒是真的。其菜是鲜美无比。纵使你没有太好的厨艺，把鱼和羊肉一块儿随意煮了，鱼汤鲜，羊汤鲜，鱼羊混煮，哪有不鲜之疑？难怪那天朋友喝过汤之后私下调侃，哇噻！怎么感到胸前发胀，莫不它鲜得能给男人催奶？莫非鲜汤比酒烈？说了醉话。笑煞。

糟

糟是酒渣，能食，也指用酒或酒糟腌制食物。

"糟糠不饱"，《盐铁论》里提及的糟就是吃的。酒之余，粮之余，糟糠终究是酒和粮食的下脚料，营养不多，口感不好，"吃糠咽菜"自然不是好生活，吃起来还没面子。

《笑林广记》里有一则笑话。一人家贫，喝不起酒，每次吃两个糟饼就有醉意。有朋友问，你早上喝酒了？他如实答，我吃的是糟饼。他回家告诉妻子。妻子不比丈夫那么愚钝，说你就告诉朋友说喝酒了，这样有面子。又遇友，他按照妻子的意思回答。朋友问，酒是烫着喝还是凉着喝的？他忙答，是油煎的。此公又回家告诉妻子。妻有愠色，又教他说，是烫着喝的。他复遇友，如是答。哪知朋友又逗他，你喝了多少？他伸出两手指：两个。还是糟饼呀。

虽是笑话，但也可以看出，旧时，吃糟在平民穷人中也很常见。糟是粗劣食物。糟糠之妻，说的就是贫穷时共患难的妻子。

糟货却是好东西。

腌糟货是中国美食的一绝。几经沉积，几经发酵，食物有了脱胎换骨的变化。

"公不见肉糟淹更堪久邪"。《晋书》里的话也告诉我们，糟过的东西保存也久。这让人们有更多的时间消受糟货。

南方的黄梅雨季度，妈妈每年都会想着为我们做糟豆腐。老豆腐，切成方块，在锅上蒸过，晾干，码在大大小小的广口玻璃瓶中，加上糟卤、盐，密封。一周后，糟豆腐柔糯可口，香气扑鼻，是早晚佐餐的佳品。妈妈会把这大大小小的瓶子让我们拿回家去。吃完了，妈妈又会把塞满糟豆腐的瓶子给我们。糟豆腐细腻鲜香的口感，让我们品出了妈妈菜的味道。

家乡人有酿米酒的习惯，酒多了，酒糟也就多了，制作的糟货也便多了。家乡人除了糟豆腐之外，可糟之菜异常丰富，有糟鸡、糟鹅、糟鸡爪甚至糟毛豆等，似乎是人口之物，皆可糟之。

糟货的历史悠久，两千多年前的《楚辞》便有记载，南宋之后吃糟成风，什么糟鲍鱼、糟羊蹄、糟猪头肉的应有尽有，到了元、明、清，糟制品除了市上供应外，已发展到家庭自制了。

"旧交髯簿久相忘，公子相从独味长。醉死糟丘终不悔，看来端的是无肠。"陆游写的《糟蟹》今天仍很普遍，超市里便能买到。我爱人不习惯吃糟蟹，嫌它生，有点腥味。这倒好，每次从超市里买回糟蟹，我都是独自消受。

"鳊、鲌、鲤、鲫"，都是上等河鲜，淮河鲌鱼曾是贡品，受到皇上的垂青。"寒潭缩浅濑，空潭多鲌鱼。网登肥且美，糟渍奉庖厨。"梅尧臣的《糟淮鲌》为我们家乡的糟鱼扬了名。"楚人怀沙死，葬腹千岁余。今兹有遗意，敢共杯盘疏。"只是他心不在鱼，吃着吃着，想起他的政治偶像屈原来了，睹物言志，这样的糟鲌鱼，吃出了另一种的滋味。

因糟而成的小吃更具风味。糟田螺肉质鲜嫩，汁卤醇厚，入口鲜美，成了上海的著名小吃；糟辣椒则是云南、贵州的调味品，又因其香、辣、酸、脆的独特风味，成了不少人喜好的佐餐小菜；醪糟这道家家喜爱的四川小吃，又哪里只是四川人喜欢呢？每每看到电视上那则雨巷里挑着木桶、戴着箬笠的妇女唤"黑芝麻糊"的广告的时候，我都会想起卖醪糟的场景来。醪糟不只是市民百姓的最爱，它也成了高档宴会上的一道甜食。

糟糟鲜，朝朝美，所有的日子，有了糟的存在，仿佛更有滋味。

脯

脯，从月，从甫，月是肉；甫，亦声亦形，也是肉。《说文解字》里说，脯，干肉也。这个拥有"两块肉"的"脯"，从造字本意我们能揣摩出它的意思，一是古人加工佐餐的干肉是如何繁复精心，再者，这干肉是有何等的美味。

梅尧臣在《腊脯》里说它"考之新目录，美脆胜庖牛"。"巡檐攫脯脩，入舍掠脍炙"，陆游说的"脯脩""脍炙"都是肉。

干肉香。我们叫它腊肉。入冬以后，冬至起，日渐长，阳光足，家乡人便开始腌腊货了，不只是腌肉，也腌鸡，腌鸭，腌鱼，还有腌野兔什么的。十天半个月之后，肉出卤，洗净，挂在檐下，借着阳光的力，其色渐次沉稳，其香渐次溢出。年渐近，人们看到这一排大大小小的腊货，过年的滋味便有了足够的想象空间，便会觉得日子有滋有味，殷实而富足。

汲取流岚风雨，汲取阳光的汁儿，几多沉积，几多吐纳，腊肉的味道有了脱胎换骨的变化，其散发出来的陈香非一般食物可比。无须添加任何佐料，切几片腊肉放碗里，碗放在煮饭的米上，饭菜同出。不只饭有了股淡淡的腊香味，揭开锅盖，满屋生香。路过的村民两三天都会记着问你：你家蒸腊肉了？

腊肉中的金华火腿算是有名响的了。它给腊肉扬了名。如何烹饪如何好吃哪要我饶舌？

陆游说的"脯脩"都是干肉。《周礼》云，脩，脯也。唐贾公彦疏："谓加姜桂锻治者谓之脩，不加姜桂以盐干之者谓之脯。"也有说脯是初作成的干肉，脩是做成时间比较长的干肉。我国制作脯的历史悠久。《礼记》有"牛脩鹿脯"，《论语》有"沽酒市脯不食"。什么五味肉脯、白脯法在南北朝时已多有提及，唐代"赤明香脯"，元明之际的"千里脯"，皆脯之有名者。我国古代还有"束脩"之说，十条干肉为"束脩"，是学生向老师送的礼物，也指酬金，学费。

20世纪70年代，我在一所乡间学校教书。学校没有食堂，客籍老师就我一人。学校采用的便是"代饭制"，就是到学生家轮流吃饭，吃百家饭。早年家贫，村民们会把珍藏的干肉留着给老师吃。"自行束脩以上，我未尝无诲焉。"这让我心生感动，我自然无怨无悔。《论语》有言，虽为自愿，只是你孔子一定要收了人家的十条肉。试想，如若没有十条肉，或者家长是不自行不自愿呢，是不是你教他了呢？我稍加妄想，以小人之心度君子之腹，若非，孔子是个大美食家，他有私心，喜脯，他是为干肉所惑的呀。

现在我们说的脯多指胸脯中的肉，比如粤菜的干煎鸡脯就很有名。人们腌渍干肉、腊肉也多喜欢以胸脯中的肋条肉为最佳。

脯，"肉食者谋之"，作为美食平民的果脯也一样叫得响。我国用蜂蜜腌制水果早在春秋时就有文字记载。果脯是新鲜水果经过去皮、取核、糖水煮制、烘干和整理包装等主要工序制成的食品。果脯种类繁多，苹果脯、杏脯、梨脯、桃脯多的是，老北京的"北京果脯"就很有名，据说，其独特的制作技艺正在申报北京市非物质文化遗产。如此说来，脯，这一荤一素的"两块肉"，都一样讨喜。

韭

"吃早韭，不松口。"别说话，不张嘴，细啖轻品，满口香。

"三月韭芽芽，羡杀佛爷爷"，又有民谚为证。这么好吃，难怪叫沾不得荤的出家人也齿颊生津了呢。早韭晚菘，说的是时令菜蔬的好。《南史》中说："文惠太子问颙菜食何味最胜，颙曰：'春初早韭，秋末晚菘。'"颙是素食主义者，他如此推崇早韭，出家人却把韭当作荤菜，这么好的蔬菜不上口，可惜了。汪曾祺说写作行文亦当如"早韭晚菘"，想想也是。

雪化，阳光渐暖，茄苗才育，豆还没点呢，从菜畦里最先拱出地面的就是韭了。韭纤细柔弱，含露负霜，在最严肃的日子里蓄积向往，在最踏实的依托中寻找归宿，你得佩服韭的勇气。早韭并不全是绿，是一茎茎的红，有点血的颜色，是生命红。

有风，雨总是这么没缘由地下着。韭呢，依着风，依着雨，依着地，撒娇样的，站也站不稳，纷披而下；总有两茎立着，细细端详这个"韭"字你就知道了。《说文》说"韭"字象形，"在一之上。一地也"。中国字就是这么有味道。

不只有风，不只有雨，在叶上沾着的，还有一串晶莹的露珠，难怪韭会撒娇，做醉态。

其实，"韭""久"谐音，《尔雅》说"一种久而生者，故谓之韭，韭者懒人菜"。在乡下没有人说"懒人菜"，说韭是"当家菜"。菜地总有一墒韭。去年我家房屋拆迁，新建的房子在一块坡地上，屋后有一片空地。妈妈见了，无比的喜，她买来韭菜籽，种了一墒韭。庄户人知道，有了韭，日子便踏实了许多。

韭"春食则香"，知百草的李时珍当然晓得。扬州八怪们还会在早韭上市时相邀开"party"。他们一边吟诗，一边饮酒，一边食早韭，何等惬意。郑板桥说"春韭满园随时剪"，韭已"满园"了还不剪呀。妈妈是等不及了。韭长三叶，不出五叶，妈妈便去割"头刀韭"了。"头刀韭"便是早韭。

坐门前，妈妈掐去韭叶上的黄尖死叶。她如此小心，我猜是不愿多掐一丝粘在韭叶上的绿茎。燕在低飞，竹篱上的霉干菜散发出淡淡的香气，开犁了，一年中柔美的时光仿佛都罩在了妈妈纤巧的指间了。

早韭包饺子当然好，费时费事的，春已至，忙着呢，没那闲工夫。村民们只是将早韭炒着吃，放些千张也行，放些鸡蛋也行，放些肉丝一块炒更好。更多的时候只是单炒韭菜。只是这一盘早菜，一家人围着。记得父亲从不动一筷韭，他只是端盘子向碗里泡点韭菜汁。起先我也相信"韭汁味好"。后来知，是父亲舍不得吃。饥春荒年，村民们也会调侃：咱吃了一千零九道菜。其实人人都知道，他家中午只是一道菜：韭菜炒千张。要是家里的人口多，单炒早韭也变得奢侈了，他们只是用韭菜烧汤。韭也真给面子，只是一小把，一锅汤便墨绿得很，且清香无比。

"夜雨剪春韭"，春了，能把菜蔬吃出诗意的，怕只有早韭了。

姜

姜是美女，真的很漂亮。宋代诗人刘子翚《咏姜诗》云"新芽肌理细，映日莹如空。恰似匀妆指，柔尖带浅红"。美吧？苏东坡也说"后春莼苗滑如酥，先社姜芽肥胜肉"，肉美？我猜宋还留有唐的审美遗韵，以肥为美，单是"滑如酥"还不就让你有了些许的联想；秀色可餐，苏东坡讲的倒是实在，姜，毕竟讨的是口饴之福。

选块向阳的坡地，挖窖。窖如井状。井有水，窖不同，它是万万容不得水的。窖在高地。在我的记忆中，窖里一般有两样东西，一是山芋，一是姜。饥岁荒年，山芋是村民的主食，姜呢，哪能当饭吃？调味品而也。江山美人，有时你很难说清孰轻孰重，就像姜有如此礼遇是很难让人理解的。滋味生活寄托着人们多么美好的期盼，束之高阁，我愿意费时费力养着。姜之于生活，不也类爱情之于婚姻。待字闺中，经不得风霜，姜娇气。

天暖，渐热，姜也不是随便就打发下地的。种姜的地年前就深挖冻着，负霜，含露，经风，历雨，土细熟，乖得很。然后踩实，做成埂状，埂间挖沟。每年春上，父亲做姜沟时我便跟着踩埂，细细密密的，一寸寸挪步，如此反复，要四五个来回才能将一墒埂的土踩实。姜沟与埂等距，也如摁下的琴键。

其实，在父亲做姜沟的当儿，熏房里早就忙活开了。熏房是一间密不透风的小房子。种姜人把姜装在纸箱里在熏房码好，用毛笔在纸箱上写上各自家人的名字。文火，熏烤，烟雾缭绕。刚出窖的姜似醒非醒，不多日，满腹的心思吐露，是芽，瓷白，嫩红，玉指有甲，啄梦如喙。"四月取母姜种之。"出过芽之后的姜李时珍称它"母姜"。其实这当儿姜依旧挺美。色汁圆润，纤指如玉，十足的美少妇。

窖藏，熏芽，这等繁烦的农事看不出村民们有半句的怨言，种姜能看出村民们的精致和细腻，其实，姜招人烦的事多着呢。单是浇水就让你天天牵挂。沟里的土不能裂一条缝儿，小嘴唇天天湿，滋润，好看。种姜有机肥才好，村民们便把黄豆煮了，做肥，豁出去了。姜叶如竹，"村峦当户茑萝暗，桑柘绕村姜芋肥"，田园美，姜芋熟，盼丰年。春种，夏实，秋收，冬藏，姜历四季，能让村民们如此心仪的，怕只有姜这情种了。

姜辛温，民间称"姜佐百味"，王安石说"姜能疆御百邪，故谓之姜"，我猜他有点武断。姜还壮阳，中医素有"男子不可百日无姜"之说，苏轼在《东坡杂记》中记述杭州钱塘净慈寺80多岁老和尚，面色童相，"自言服生姜40年，故不老云"。姜为男人生。姜是美女，本来就是嘛。

粉

"山中只见藤缠树，世上哪见树缠藤。青藤若是不缠树，枉过一春又一

206

春。"《刘三姐》的歌里"青藤"有股情色的味道。我猜"青藤"便是葛藤，有传说为证。东晋道学家、医学家、养生学家葛洪带弟子云游炼丹。哪知弟子修行不深，毒火攻心。有人向葛洪指点迷津：山上有青藤可医。一试果然。自此，青藤取了葛姓，叫葛藤。

葛藤疯得很。20世纪70年代，葛藤曾占领了美国佐治亚、密西西比、亚拉巴马等州的万顷土地，肆意妄为，不具节制，狂野不羁，哪知它会如此淫荡。

葛粉取之葛藤的根块，岂不是"一路货色"。

紫花含羞，绿叶青艳。葛根发达，去泥削皮，柔滑细腻，玉脂纤嫩，泡在水里，十足的睡美人。将葛根磨碎，滤去茎渣，白色的葛浆在水里沉淀下来的便是葛粉了。

每年秋后，村民们便会上山采葛挖根做葛粉。匾里晒的是粉，竹笆上晾着的是粉。有的村民将粉从缸里盆里倒出，整个儿将"粉坨"风干摞在家里。粉坨有十多斤甚或几十斤重。有大粉坨摞着，日子也仿佛踏实了许多。

葛粉圆子是徽州一带叫得响的名点。将猪肥膘、白糖等做成圆球状馅心，反复滚上葛粉，然后上笼蒸，蒸至外皮呈黑色发亮并有小泡即成。葛粉圆子质地柔韧有劲，味香甜，只是吃多了会腻。

"十碗大菜九碗粉，搛块肥肉捞捞本。"葛粉是席间的主角，村民家的红白喜事都靠它了。葛粉是"大众情人"，跟哪道菜都合得上。葛粉在锅里熬过，切成细碎的块。说是"大菜"，其实村民们知道，这碗底垫的都是葛粉细块。鸡，只是在高汤烩过的粉块上撒点鸡丝。烧三鲜，只是在粉块上撒上金针菜、蘑菇、山药罢了。头道"大菜"当然是肉。肉只是薄薄的几片覆在粉上。厨师好像算好了的，一人一块，可又往往不够数。常是人多肉少。村民顾不得吃相，还不待端菜的将碗在桌上放稳，有人已伸过筷子来搛肉了。虽说端菜的大声吆喝"油——着——嘞——"，但没人买账。那年听父亲说他去邻庄喝喜酒，肉刚端上桌灯叫风吹灭。主家急找蜡烛点上。一分钟的工夫，再一看那碗上的肉一片也没有了，只剩下细碎的粉块。好些人懊悔自己没有"先下手"。饥岁荒年，毕竟是出了礼舍了份子的，"捞捞本"也没错。

野葛藤渐少，葛粉现在没人舍得这等海吃了。烧菜作勾芡，平日多作饮品。杯盏冲饮佐以白糖、蜂蜜或酸奶什么的。盏中把玩，怜惜有加，啜饮在口，回味不尽，却也增添了不少情趣，不改情色本质。

据说泰国有"红葛根"和"白葛根"。"红葛根"用于女性丰胸，"白葛根"用于男性壮阳。这等"色"全"色"美，是因为葛根里含有异黄酮诱导素成分，有人称它为植物性激素。葛粉解酒那是真的，《医林纂要》说它"除烦、解热、醒酒"，有人称葛粉汤"千杯不醉"。

酒后归来，递过一杯冲好的葛粉，色汁清纯，绵糯可口，知寒知暖，红袖添香，举案齐眉，酒醉人酣，这等情境让葛粉调剂得恰到好处。

酱

发酵酿制的东西味浓，酒是，醋是，老酱也是。家乡人将做酱叫"下酱"。下酱的主要原料是豆，黄豆居多，也有用豌豆的。将豆煮烂摊放在匾里发酵，焐。匾入厢房，关好窗，放下门帘，妈妈小心看守，防猫，也不许我们走近，近乎神秘。后来我明白了，豆发酵怕脏。不多日，匾出，一层霉衣，豆也成黄褐色饼状。"铜绿"厚是好色相，妈妈喜，这豆饼下到缸腿的盐水里定能成好酱。

缸是重要的家什。"缸腿"是小缸。缸盛水的多，小缸差不多在大缸的腿部，村上人便叫小缸"缸腿"。缸腿下酱的多，有人也将缸腿叫酱缸。

晒酱是要些时日的。夏天日头好，晒一天，原本有水汽洇润的酱面，便起了层红褐色的硬壳。妈妈早起，用搁在缸里的筷子将壳搅了，酱香已出。要是将这一缸乳黄色的酱都晒成红褐色，差不多要一个夏天。这时，这缸酱也便能称之为"老酱"了。

酱香难敌，瓜妞好时，我会偷摘几条塞酱缸里。隔数日，瓜妞色黄，软，捞出埋在碗里便能吃了。瓜妞是嫩黄瓜，或是嫩菜瓜。我端碗离桌，鬼鬼祟祟，却逃不过妈妈的眼，她举筷便打。妈妈是怕有不洁的东西坏了酱。她哪里打得着？事也败露，我索性将碗里的酱瓜用筷搛起，有时故意将酱瓜在家人面有个亮相，送入口中，将酱瓜夸张地吃出声响来。酱瓜脆，满口香。

我还在酱缸里酱过豆角、茄子、辣椒。

酱生吃的不多。妈妈会把新摘的豆角、茄子等切碎放碗里，再放上葱、椒、姜等佐料，放一两勺酱，煮饭时把碗放锅里蒸。饭菜一锅出，不费事。出锅时要是在酱上撒层蒜花，或是芫荽，浇上麻油，一搅更香。酱单蒸的也有，放上佐料，放虾米当然好，一样好吃。

家家门前一缸酱，大户人家一年要下两缸或是三缸酱的。夜露，或是雨日，只消将缸旁的荷叶盖在酱缸上，将叶周边用细麻绳扎好便行。为防冻裂，这酱缸到了冬天上冻的时候才收回。把吃了一夏一秋的酱舀出，包在荷叶里。这老酱要吃一个冬天。这之后用不了多少时日，翻过年，春种不久，妈妈便又会下新酱了。

家家有了这一缸酱，日子像踏实了许多。

"老酱还有幺。"妈妈常打电话要我回家拿酱。妈妈每年还想着下一缸酱的。

饭局多了，却是酱香难忘。周日的时候，我常会想着熬老酱。熬老酱的配料要多，毛豆米、干子、小米虾，豆角也行，茄丝也行，老酱兼容性极好，好像没有不能容纳的菜蔬。葱、椒、姜要猛放。所有的菜蔬炒过之后加水加酱，文火，熬。一边不停地用锅铲搅动，一边闻着那缕缕的酱香，你便会觉得，这滋味生活，哪里离得开老酱？

蒜

佛言，人有三生。蒜也是。

想想蒜叶蒜茎是蒜的今生才是。着如许清水，放碟里或是碗里，有芽无根，有根无土，天渐冷，水蒜已出落得婷婷玉立。灶台边，也有放阳台上的，洁白的触须水中如玉。水蒜你是不指望它会长出苔来，长出瓣来。你在意的是叶，以叶当花，是蒜花。各式菜肴出锅，切好细碎的叶撒在上面，青艳好看，扑鼻香。蒜花是点睛之笔，一如画师书家最后的那枚红印。蒜在地里的多，虽说离灶远点，但无论是做菜还是炒饭，人们是不会忘了掐几根蒜叶做蒜花的了。从中秋始，蒜要待在地里至端午前。

如果说叶只能当佐料切蒜花那你便"小看"它了。叶炒千张一清二白的，素净，好看，炒肉丝炒青椒当然更好，叶稍老时烧豆腐、烧肉更受食客们的青睐。蒜如韭，割了的茎用不了多少日子便又会长出来的。因蒜叶青香味美，好些人专打叶的主意，不分季节，在大棚里培育蒜叶，做起了蒜黄的营生。

叶似乎揣摩透了食客喜好的心理，赖在地上，似乎是让人们尽情享用似的。这一待，就是二百多天。想想，还没有一样菜蔬有如此衷情的呢。天渐热，小南风一吹，不多天的工夫，蒜便脱胎换骨似的变了样儿了。用不了几天，蒜薹便抽出来了。蒜薹才不会那么低调，趾高气扬的样子。这时候，无论如何你得高看它一眼了。

蒜薹是蒜的来生幺。

白嫩，浅绿，墨绿，干净，高雅，质感丰富，蒜薹不矫情，很有征服感。端午前后，餐桌上是要有蒜薹的了。蒜薹炒菜、烧菜都好。只是"来生"无常，能享用蒜薹的时日太短。小城人聪明，家家腌蒜薹。腌过的蒜薹鲜嫩微黄，清脆可口，滴上麻油，是佐餐极好的小菜。那天我去一文友家串门，看见他家柜子上的饰物很另类，是一排大大小小的玻璃瓶。文友看我疑惑，笑：这些瓶是留着日后腌蒜薹的。我们家好这口。

嘿嘿。都好。都好。

蒜花如花，那果呢？蒜头如果算果，那得隆重推出才是。这是蒜的第三条命。

椒辣嘴，蒜辣心。生吃蒜瓣生猛且夸张了点，吃相不好，有胡吃海塞的感觉，更主要的是辣得你受不了。三瓣下肚，不吃出心绞痛才怪。要是做成蒜泥，再调些许味精、麻油，那味就文多了。不过，蒜瓣狡猾得很，它很难就范，对付它得有一套家什才是。自小我看父亲捣蒜用的是擀面杖。将剥去蒜皮的蒜瓣放碗里，左手覆上且拇指和食指处留出空隙放杖，右手持杖将蒜捣碎。妈妈喜欢在蒜泥里放上煮过捣碎的鸡蛋，蒜泥拌在手擀面上吃，那味，啧啧，啧啧！现在好了，木质的蒜臼在好些超市里都有卖的，样式也好看，只是还有谁会自己持杖擀一桌手擀面呢？

来生有土。蒜恋土。也就两三个月的工夫，你无论如何是断不了它怀春的念想的。这当儿你再吃蒜，便没有了先前的水分，再一看，芽已渐次长了出来。沾土就出苗，放水里是水蒜，纵是无土，这芽，也是一定要发出来的。

蒜叶，蒜薹，薹尽有瓣，一年之中，一生之中，蒜就没有闲的时候。

蒜有三生，之于食客呢，沾着这美味，也算是三生有幸了。

评鉴与感悟——

"民以食为天"，一组吃食文字，传说、诗歌、字解贯串其中，谈古说今，大雅大俗，洋洋洒洒，从饮食上升到饮食文化，有情在，有趣在，地不分南北东西，人不分老幼贵贱，皆为食客也。（喙林儿）

声　明

　　本套《北岳年选系列丛书》，收录了本年度众多优秀文学作品及文化时评类文章。在编选过程中，我们及各选本主编已尽力与大多数作者取得了联系，但仍有部分作者因故未能取得联系。见此声明，烦请来电，以便奉送薄酬及样书。

　　联系人：王朝军

　　电　话：0351—5628691